KB136276

청 림 정 운

시
청 음
돌   헤오   돈
젖   시

詩　集

玄　海　灘

林　和　著

東 光 堂 版

현

해

탄

그여름

次例

네거리의 順伊^{순이}

네가 지금 간다면, 어디를 간단말이냐?

그러면, 내 사랑하는 젊은 동무,

너, 내 사랑하는 오직 하나뿐인 누이동생 順伊^{순이}、

너의 사랑하는 그 귀중한 사내,

근로하는 모든 女子^{여자}의 연인……

그 靑年^{청년}인 용감한 사내가 어디서 온단 말이냐?

눈바람 찬 불쌍한 都市^{도시} 鍾路^{종로} 복판에 順伊^{순이}야!

너와 나는 지나간 꽃 피는 봄에 사랑하는 한 어머니를

눈물 나는 가난 속에서 여의었었지!

그리하여 너는 이 밀지 못할 얼굴 하얀 오빠를 염려하고,

오빠는 가냘핀 너를 근심하는,

서글프고 가난한 그 날 속에서도,

順伊〔순이〕야、 너는 마음을 맡길 믿음성 있는 이곳 靑年〔청년〕을 가졌었고,

내 사랑하는 동무는……

靑年〔청년〕의 戀人〔연인〕 근로하는 女子〔여자〕 너를 가졌었다。

겨울날 찬 눈보라가 유리창에 우는 아픈 그 시절,

기계 소리에·말려 흩어지는 우리들의 참새 너희들의 콧노래와

언 눈길을 걷는 발자국 소리와 더불어 가슴 속으로 스며드는

청년과 너의 따듯한 귓속 다정한 웃음으로

13

우리들의 青春^{청춘}은 참말로 꽃다왔고,

언 밤이 주림보다도 쓰리게

가난한 青春^{청춘}을 울리는 날,

어머니가 되어 우리를 따뜻한 품 속에서 안아주던것은

오직 하나 거리에서 만나 거리에서 헤어지며,

골목 뒤에서 중얼대고 일터에서 충성되던

꺼질줄 모르는 청춘의 정렬 그것이었다.

비할데 없는 괴로움 가운데서도

얼마나 큰 즐거움이 우리의 머리 위에 빛났더냐?

그러나 이 가장 귀중한 너 나의 사이에서

한 청년은 대체 어디로 갔느냐?

어찌 된 일이냐?

順伊(순이)야, 이것은……

너도 잘 알고 나도 잘 아는 멀쩡한 事實(사실)이 아니냐?

보아라! 어느 누가 참말로 도적놈이냐?

이 눈물 나는 가난한 젊은 날이 가진

불상한 즐거움을 노리는 마음이고,

그 조그만, 참말로 風船(풍선)보다 엷은 숨을 안 깨치려는 간지런마

음하고,

말하여보아라, 이곳에 가득 찬 고마운 젊은이들아!

順伊(순이)야, 누이야!

근로하는 靑年(청년), 용감한 사내의 戀人(연인)아!

생각해보아라, 오늘은 네 귀중한 청년인 용감한 사내가

젊은 날을 부지런한 일에 보내던 그 여윈 손가락으로

지금은 굳은 벽돌담에다 달력을 그리겠구나!

또 이거 봐라, 어서。

이 사내도 네 커다란 오빠를……

남은것이라고는 때 묻은 넥타이 하나뿐이 아니냐!

오오, 눈보라는 「튜럭」처럼 길거리를 휘몰아 간다。

자 좋다, 바로 鍾路 네거리가 예 아니냐!

어서 너와 나는 번개처럼 두 손을 잡고,

내일을 위하여 저 골목으로 들어가자。

네 사내를 위하여,

16

또
근로하는
모든
女子^{여자}의
戀人^{연인}을
위하여
……。

이것이
너와
나의
幸福^{행복}된
靑春^{청춘}이
아니냐?

세 월

시퍼렇게 흘러내리는 노들 강,

나무가지를 후려꺾는 눈보라와 함께

얼어붙어 삼동 긴 겨울에 그것은

살결 센 손등처럼 몇번 터지고 갈라지며,

또 그 위에 밀물이 넘쳐

얼음은 두자 석자 두터워졌다.

봄!

18

부드러운 바람결 옷깃으로 기어들제,

얼음판은 풀리고 녹아서,

돈짝 구들장 같은 조각이 되어 황해바다로 흘러간다.

이렇게 때는 흐르고 흘러서, 넓은 산 모서리를 스쳐내리고, 굳

은 바위를 깍거,

천리 길 노들 江의 하상을 깔아 놓았나니,

세월이여! 흐르는 영원의 것이여!

모든것을 쌓아 올리고, 모든것을 허물어 내리는,

오오 흐르는 시간이여, 과거이고 미래인것이여!

우리들은 이 붉은 山을, 시커먼 바위를,

그리고 흐르는 세월을, 닥쳐오는 미래를,

존엄보다도 그것을 사랑한다.

19

몸과 마음, 그밖에 있는 모든것을 다하여……。

세월이여, 너는 꿈에도 한번

사멸하는것이 그 길에서 돌아서는것을 허락한 일이 없고,

과거의 망령이 생탄하는 어린것의 울음 우는 목을 누르게 한

일은 없었다。

너는 언제나 얼음장 같이 냉혹한 품안에

이 모든것의 차례를 바꿈 없시

담뿍 기르며 흘러왔다。

우리들은

타는 가슴을 흥분에 두근거리면서 젊은 시대의 대 오는

뜨거운 맥이 높이 뛰는 두 손을 쩍 벌리고,

모든것을 그 아름에 끼고 닥쳐오는 세월! 미래!

20

그대를 이 지상에 굳건히 부여잡는다.

우리는 역사의 현실이 물결치는 대하 가운데서

썩어지며 무너져가는 그것을 물리칠 확고한 계획과

그것을 향하갈 독수리와 같이 돌진할 만신의 용기를 가지고,

이 너른 지상의 모든 곳에서 너의 품안으로 닥아선다.

오오, 사랑하는 영원한청춘 세월이여.

너의 그 아름다운 커다란 푸른빛 눈을 크게 뜨고,

오오, 대지의 세계를 둘러보라!

누구가 정말 너의 계획의 계획자이며!

누구가 정말 너의 의지의 실행자인가?

오오, 한초 한분

온 세계 위에 긴 날개를 펼치고 날아드는 한 해여!

우리는 너에게 온 세계를 요구한다.

낡은것과 새로운것의 불닷는 말성 가운데서

우리는 요구한다,

좋은것을, 더 좋은것을.

오직 우리들만이

세월이여! 이것은 미래인 너에게 요구할 수 있고

한 눈 깜박할 새 천만리 달아나는 너의 팔을 잡고

즐거운 미래를 향하여 달음칠수가 있다

네가 알듯이 오직 우리들만이 ── 그리하여

우리들이 한번 그 가슴을 찌를때,

우리들이 한번 돌부리를 차고 피를 흘리며 넘어질때,

22

우리들이 또 한번 두 다리를 건너고 들쳐일어나 앞을 향하여 고함을 지르고 내달을 제,

세월이여! 너는 손뼉을 치며 우리들의 품으로 달려들어라!

오ㅡㄴ 세계를 네 품에 가득 부둥켜안고

오오! 감히 어떤 바람이 있어, 어떤 힘이 있어,

물결이여, 돌아서라! 하상이여, 일어나라! 고 손질할 것이며,

세월이여, 퇴거하라! 미래여, 물러가거라! 고 소리치겠는가?

미래여! 사랑하는 영원이여!

세계의 모든것과 함께 너는 영원히 젊은 우리들의 것이다.

23

闇黑의 精神

大洋과 같이 푸른 잎새를,

그 젊은 守護卒 滿山의 草花를,

돌바위 군은 땅 속에 파묻은 바람은,

이제 孤兒인 벌거벗은 가지 위에 소리치고 있다.

靑春에 빛나던 저 여름 저녁 하늘의 金빛 별들도

幽冥의 하늘 저쪽에 흩어지고,

손톱 같이 여윈 단 한개의 초생달,

그것조차 지금은 「레테」(註)의 물속에서 呻吟하고 있는가?

東西南北 네 곳에 어디를 둘러보아도、

두 활개를 쩍 벌려 大空을 휘저어보아도、

목청을 돋워 소리 높이 웨쳐보아도、

오오、오오、

暗黑의 끝 없는 洞穴、

추위에 떠는 나뭇가지의 號泣、

雷鳴과 같은 暴風、巨巖을 뒤흔드는 怒呼、

오오、이제는 없는가? 暗黑의 以外에!

오오、드디어 暴風이 宇宙의 支配者인가?

25

生命의 즐거움인 三月의 꽃들이여、
青年의 精神인 무성한 풀숲이여、
眞理의 意志인 아름드리 喬木이여、
그리고
巨人인 森林의 魂이여?

새싹 위에 나붓기던 보드라운 바람、
豊足한 샘(泉)、 빛나는 太陽、
그리고 不滅의 精神인 山岳 蒼空은、
하늘에 떠도는 한조각 猜疑의 구름과
死의 暗黑 滅亡의 바람만을 남기고、
자취도 없이 터울도 없이 스러졌는가?

깊은 落葉松의 密林과 두터운 안개에 쌓인

저 험한 溪谷 아래,

지금 이 여윈 蒼白한 새는 날개를 퍼덕이며,

숨소리조차 죽은 미지근한 가슴 위에 두 손을 얹고,

어둠의 恐怖 絶望의 嘆息에 떨고 있다.

──아무곳으로도 길이 열리지 않는 暗黑한 溪谷에서.

우수수! 딱! 꽝! 우르르!

巖壁이 무너지는 소리, 千歲의 巨樹가 허리를 꺾고 넘어지는 소리,

死滅의 하늘에 野獸가 戰慄하는 소리,

끝없는 어둠 沈默한 暗黑,

오오! 萬有로부터 秩序는 물러가는가?

이 無邊의 大空을 흘르는 運命의 江 두짝기슭

生과 死、前進과 退却、敗北과 勝利、

和解할수 없는 兩 언덕에 너는 두 다리를 걸치고、

懷疑의 흐득이는 心臟으로 말미암아 全身을 떨고 잇지않으냐

그러나 瀕死의 새여! 낡은 心臟이여! 떨리는 四肢여!

안보이는가 안들리는가

그러치않으면 이젠 아무것도 모르는가

불길은 바람의 멱살을 잡고

暗黑인 하늘의 가슴을 한것 두드리고 잇지 않는가?

喬木들은 억개를 비비며 불길을 이르키고,

시드른 풀숲은 불길에 그 몸을 던지며,

나무 가지는 하늘 높이 五色의 불꽃을 내뿜지 않는가

그리고 森林은!

크다란 불길의 날개로 巨人인 山獄을 그 품에 덥석 끼고,

믿음직한 筋肉인 土壤과 鐵의 骨格인 巖石을 시뻘엇게 달구면서

百尺의 長劍인 火柱를 두르며, 高遠한 精神의 雷鳴과 함께 暗

黑의 世界와 格鬪하고 있다.

眞實로 英雄인 灼熱한 全山을 그 가운데 태우면서……

오오! 새여! 그대 蒼白한 새여!

노래를 잊은 피리여!

너는 「햄릿」이냐? 「파우스트」냐? 「오네긴」이냐?

그렇지 않으면 유리製의 良心이냐?

오오 이 미친 無秩序의 狂亂 가운데서

주검의 運命을 우리들의 얼골에 메다치는 暗黑 가운데서

너는 보는가? 못보는가?

이 불길이 가져오는 生命의 香氣를

이 壯烈한 格鬪가 전하는 봄의 아름다움을

滿山의 草花와 욱어진 綠陰、그러고 黃金色 實果의 단 그 맛

(味)을

이 暗黑、暴風、雷鳴의 巨大한 苦痛이

密集한 喬木의 隊伍와 그 한 個 한 個의 英雄인 靑年、樹木의 肉

體 가운데

굵고 검은 한데의 年輪을 더 들려주고 가는 것을!

너는 두려워하느냐?

사는 것을……

너는 아퍼하느냐?

靑年인 우리들이 生存하고 成長하는 道標인 「나희」가 하나 둘

늘어가는 것을!

영러한 새여! 아즉도 良心의 불씨가 꺼지지않은 조그만 心臟

이여!

불룩내민 그 貴여운 가슴을 두드리면서

이러케 소리처라!

「오라! 어둠이여! 우러라! 暴風이어!

怒呼하라! 死와 暗黑의 「마르세이유」여!」

그러치않은가!

누구가 大地로부터 슴여올으는 生命인 봄의 樹液을

누구가 靑年의 가슴속에 자라나는 英雄의 精神을 죽엄으로써 막

겠는가

暗_암黑_흑인가? 暴_폭風_풍인가? 雷_뇌鳴_명인가?

（註_주）「딴테—」의 神曲_{신곡}中의 句_구로 「永久_{영구}히 希望_{희망}을 버리라—」고 쓴 地獄_{지옥}의 門_문을 드러스면 곳 내（河_하）가 있어서 이 江_강을 「忘却_{망각}의 江_강」이라고 하야 모든것을 忘却_{망각}속에 묻어버린다는 뜻.

주리라 네 탐내는 모든 것을

젊었을 그 때엔 저렇듯 아름다운 꽃 이파리도,

이곳엔 꿈인듯 흩어져 버리고,

千年의 긴 목숨을 하늘 높이 자랑하든

저 아름드리 솔 잣 나무의 높고 큰 줄기도

역시 이곳에는 허리를 꺾고 넘어지나니,

이 모든것의 위에를 마음대로 오르고 내리는

온갖 새의 임금인 독수리여!

너도 역시 마지막엔 그 크고 넓은

두 날갯죽지를 호늘어뜨리고,

34

저무는 가을날 초라한 나무잎새 바람에 나붓겨 흩날리듯

옛 그날이 있는듯 만듯 덧없이

한줌 흙으로 돌아가고 마는가?

怒한 구름이 비바람 뿌리며 소리치던

그 險한 날 千里 먼 길에도,

일찌기 날개를 접어 屈辱의 숲속에서

부끄러운 눈알을 한번도

두려움에 굴려본 記憶이 없는

오오! 하늘의 英雄이여! 너도

주검이 한번 네 큰 몸을 번쩍 들어 땅 위에 메다치면

비록 어지러운 가슴을

누를 수 없는 怒함과 원한에 깨칠지언정,

날개를 펼쳐 다시 한번

이곳에서 하늘을 向하여

화살처럼 내닫지는 못했는가?

오오! 말 없는 惡靈이여!

모든것의 무덤인 大地여!

너는 말하지 못하겠는가?

정말로 너는 목숨 있는 모든것을

주검으로 거두는,

살아있고 살아가는 모든것의

最後의 원수인지

너는 대답지 못하겠는가?

千古의 옛날과 같이 지금도

또 끝없을 먼 未來에까지

너는 역시 말 없는 짐승이 되어

이곳에 엎더져 있겠는가?

높은 山岳이여! 굳은 巖石이여!

끝없는 바다까지도 네 품에 안고 있는

無限한 沈默과 暗黑의 君主여!

萬一 네 넓고 푸른 大洋이나 湖水의 눈과 같이

언제나 뜨고서도 보지를 못한다면,

이 한몸 둥그런 돌맹이 만들어

永遠이 감지 않는 네 속에 풍덩 뛰어 들리라。

萬一 네 누르고 푸른 가죽이나 검고 굳은 바위처럼

아무것도 感知할수 없다면은,

사랑하는 어머님 젖가슴 뜯으며 어리광 부리던,

이 두손으로 네 위에 더운 피 흐르도록 두드리리라.

萬一 네 아늑한 山脈의 귓전이

하늘을 찢는 雨雷소리 조차 들을수 없다면,

못 잊을 임 볼 밑에서 뜨거운 마음을 하소연 하던,

이 다문 입을 열어

입술이 붙되도록 絶叫하리라.

萬一 네 깊은 心臟이

어둠과 沈默 밖에는

아무것도 알기를 싫여한다면,

38

두 손과 다리를 가슴에 한데 모아
隕石이 되어
네 위에 떨어지리라.

그래도 萬一
네 永遠히 沈默의 帝王으로
주검밖에 아무것도 알지를 못한다면,
주리라! 오오, 네 탐내는 모든것을……
너의 멀고 넓은 太平洋 바다의 한옆
아늑한 內海 가운데
한 오리 내어민 半島 東쪽 갓,
城川江 물줄기 맑게 흐르는 南쪽 기슭인

39

네 한길 품속에 永遠히 잠든

내 사랑하는 벗 그가

네게 내어준 그것과 같이

心臟 두 팔 두 다리,

또 그 위를 뛰고 달리며

일찌기 어떠한 두려움에도

허리를 굽히지 않았던

靑年의 이 온몸을……

너는 탐내는가? 말해보라!

그렇지 않으면 그것으로도 아직

네 貪慾의 목말음은 나을수가 없겠는가?

오오! 주리라!

그러면 살아있는 이 위의 모든것을,

사랑하고 미워하며 울고 웃는 모든것과,

흐르는 歲月의 물결 以外의
　　세월　　　　　　　　이외

아무런 권위 앞에서도

일찌기 머리를 숙여보지 않았던,

불타는 情熱과 살아있는 생각의 모두를……
　　　　정열

暗黑의 心臟이여! 주검의 惡靈이여!
암흑　심장　　　　　　악령

네 이 가운데 하나도 남김 없이

모두를 貪낸다면,
　　　탐

소리 높여 대답하라.

41

그러나 萬一、

오오! 그래도 萬一、

네 惡魔의 검은 배가

그것으로도 아직 찰수가 없다면、

주리라! 그의 벗되는 이몸과 나머지 모든것을……

그리고

그가 안고 울고 웃고 즐기고 怒하며

마지막 그의 목숨을 내놓으면서도、

오히려 무서운 매발톱이

어린 목숨을 탐내어 하늘을 감돌제、

철모르는 어린것을 두깃으로 얼싸안는

어미새의 가슴처럼、

그것을 그것을 지키려고

온 몸을 興奮에 떨던,

그의 平生의 요람이었고

그의 모든 벗의 성곽이었던

靑年의 情熱과 眞理의 舞臺까지도……

그러나 또 萬一、 또、 또 萬一、

貪慾의 熱病에 썩어가는 네 오장이

그것으로도 아직 찰수가 없다면、

그의 자라나던 성과과 노래의 隊伍

살림의 眞實과 眞理의 길을

꽃 위에 수놓던 軍隊의 모두가、

43

열 몇 해 오랜 동안 그 배 위에서,

山산같은 風浪풍랑의 두려움에도

신기루의 달콤한 유혹에도,

오직 검은 하늘 저쪽

밝은 별 이끄는 萬里만리 뱃길에

킷자루를 어지럽히지 않았던,

이 검은 쇠로 굳게 무장한

戰艦전함 돛대 끝 높이 빛나는 우리들

「××××」의 깃발까지도,

네 그칠바 모르는 오장의 밑바닥을 메우려고

검은 두 손을 벌린다면,

벌레의 구물대는 그 우에

내놓기를 아끼지 않으리라!

그러나 네 높고 큰 山岳의 귓전을 기울여보라!

네 잠잠히 넓은 大洋과 湖水의 푸른 눈알을 굴려보아라!

벗 「김」이 누워있는 불룩한 무덤위에

조으는듯 피어있는 머리 숙인 할미꽃이라든가,

아침 햇빛에 잠자던 머리를 들어

아득히 먼 저끝까지

날마다 푸른 물결 밀려가는

이 아름다운 봄철의 들판이라든가,

그 위에 우뚝 허리를 펴

지나간 時節에게 敗戰한 흉터가 메일랑 말듯한

움 터 오는 나무가지들의 누런 새 순이라든가、

저 버들가지 흩날리는 언덕 아래

텀벙 엎더져 눈(雪^설)을 털고

東^동海^해바다 넓은 어구로 흘러내리는

城^성川^천江^강의 얼음조각이라든가를……

으오、流^유氷^빙이다!

보는가! 저 얼음장 딩구는 偉^위大^대한 물결을!

眞^진實^실로 미운것이여!

다시 두번 어깨를 겨누어 하늘아래 설수 없는

정말로 정말로 미운것이여!

아는가?

歲^세月^월은 네품이 아닌

먼 저쪽에서 흐르면서

죽어가는 것 대신에 永久히 새로운 것을 낳고 있다.

어제도、지난해에도、太古의 옛날에도、

그리고 끝 모를 먼 未來에까지도……

정말로

가을에 아프고 쓰라린 記憶은 한번도

누런 풀숲에서、

가만히 머리를 숙이고 얼굴을 붉히는

할미꽃의 勇氣를 꺾지는 못했었고,

거센 東海의 山같은 激浪도

三冬 긴 겨울

길 넘게 얼어 붙은 氷河를 녹여

河口로 내려미는

한 오리 城川江의 가냘픈 힘을

막아본적은 없었다。

하물며 이른 봄의 엷은 바람으로

어찌 새싹 푸르러

손뼉같은 큰 잎새 피어,

太陽과 함께 靑空 아래 허덕이는

여름철의 기름진 成長의 힘을

누를수 있겠는가?

모진 바람 지둥치는 暗黑한 언덕 위에

죽은듯 엎더진 살아 있는 모든것의

數없는 슬픔을

永久히 벗지못할 깃옷 속에

장사지내려던 눈 덮인 들

너와 함께 太初로부터

불타던 太陽까지가 그의 힘을 잃고

헛되이 긴동안을 굴러가던

그 끝없이 차고 흰 벌판 위에

일제히 생탄의 마당으로 잡아 이르킬

이 歲月의 永遠한 흐름을、

철수의 偉大한 힘을、

49

닥쳐오는 봄을!

살아있는 모든것의 원수여! 말해보라!

막을수 있겠는가?

주리라! 주검의 惡靈이여! 네 탐내는 모든 것을……

가을의 山野가네 위에 살아있는 모든것을

눈속 깊이 내어 맡기듯……

그러나 종달새 우는 五月

푸른 하늘 아래 나팔을 불며

군호소리 높이 두발을 구르고

잠자는 모든것을 이르키고,

沈默한 온갖것의 입을 열어

絶叫의 들로 불러 내이며,

죽어진 그 時節의 모든 목숨을

무덤으로부터 두손을 잡아 이르킬,

저 열길 얼음속에서도 아직

산것을 자랑하는 어린 물고기의 마음이,

한 줄기 빛갈도 엿볼수 없는

이 어두운 땅속에서,

두 주먹을 고쳐쥐며 높이고 있는

「한니발」의 군은 盟誓를……

暗黑이여! 주검의 어머니인 大地여!

말해보라! 꽉 그 목을 눌러

51

永久히 숨줄을 끊을수 있겠는가?

자거라!

이제는 두번 살아 우리 앞에 나서지 못할

사랑하는 옛벗 「××」아! 고이 자거라!

지금 살아서 죽는 우리들과 함께.

누가 敢히 네가

永久히 죽었다고 말하겠는가?

불길은 타서 숯등걸 되고

그것은 일어날 새불의 어머니 되나니,

벗아! 저 컴컴한 골짝 속에서도

오히려 멀지않아 닥쳐올 大洋의 큰 波濤 소리를 자랑하며,

默默히 흐르는 실낱 냇물이 속삭이는

옅은 콧노래가운데,

오는날의 모든것을 들으면서

고이 두 손을 가슴에 얹어라!

이 아래 한길 되는 어둔 땅속에

지금 大洋의 絶叫 대신에 잠잠한 沈默에 내가 잠자고 잇노라!

나는 못 믿겠노라

지금 나는 멀리 남쪽 시골서 온 자네의 봉함편지를 접어 머
리맡에 놓고,

눈을 감아 생각하려 잠을 멈추고 자리에 누웠다.

풋내의 밀물이

짙어가는 여름 드높은 하늘의 깊은 어둠을 헤여,

고기떼처럼 춤출듯 꼬리를 접어 이슬ㅅ발을 끊어 던지고,

내 마음의 적은 배가 어젯날의 거칠은 바다 航路에서

風波가 준 깊다란 傷處를 다스리려,

헌 뱃등을 비스듬히 언덕에 누이고있는 내 아늑한 굴강인 좁은

房_방으로

얼싸안는듯 덮치는듯 듬뿍이 스며든다.

밤

지나간 黃昏_{황혼}의 浦口_{포구}와의 別離_{별리}가 오래되어 낡어갈쑤록

山岳_{산악}의 푸른 눈섶은 記憶_{기억}의 쓸아림에 젖어,

하늘을 나는 새들도 날개를 접고,

젊은 植物_{식물}들이 네 활개 저으며 가쁘게 呼吸_{호흡}하는 저 위

눈동자 맑은 밤하늘이 호울로 어둠에 슬픈 옷자락을 길게

을면서,

정강이 허리가 묻혀 곧 머리까지도 보이지 않을

시커먼 수렁으로 비척 비척 걸어 간다.

77

55

어둠

오랜 사공인 별들조차 갈 길을 잃어 구름 속에 헤매는 어둠,

돌 바위의 굳은 마음이나 山岳의 큰 精神도

이 속에서는 넋을 잃고 쓰러질 무겁고 진한 풋내,

아무리 길고 억센 生命도 재 되어 쓰러질 흙의 毒한 냄새,

永遠히 健康한 太陽도 지금엔 다리를 절어 멀리 山 뒤에 숨

은

이 두렵고 미운 모든 것이 한데 어우러진 구렁 속에서,

밤의 몸집은 限없이 크고 넓게 成長하며,

나는 새벽 港口를 멀리 남긴 채 나이 먹고 늙어서 죽어 갈 것일가?

우뢰의 큰 소리로 부름도 아니련만,

썰물의 굳센 손이 이끌음도 아니련만,

무엇이 부르는듯, 이 끄는듯,

내 몸과 마음은 밤의 깊은 바다 속으로 가라앉고 있다.

아마도 밤은

이 두텁고 무거운 이불을 덮어

주검의 검은 자리 우에 나를 누이지 않고는

이곳으로부터 내내 물러가지 안으려나보다.

마치 내 즐기는 山(산)이나 들의 고운 색낱을 걷지 않고는

이놈의 여름철이 달아올수 없는것처럼, 정말로 밤은

외상 없는 심술 사나운 惡靈(악령)인가보다.

57

그러나 밤

이 두렵고 고단한 오늘날의 긴 밤을 헛되이 달려보고,

허위대는 어리석음이라든가

내일을 옳게 살으려 고요히 잠자는 것의 重함이라든가를,

이 사람, 낸들 어찌 분간하지 못하고 알지 못하겠는가?

말없이 움직임 없이 오직

죽은듯 하로밤을 꿀꺽 참아

선뜻 개는 아침,

두 팔을 걷어 어지러운 들길을 열어나갈 오늘날의 勇士일 나는,

待望의 아득한 잠자리의 값을

58

다.

나는 허덕이는 가슴 위에 두 손길을 얹고 눈을 감아 금쳐본

「밤의 군은 손이 우리의 몸과 마음을 사로잡아 누일 때,

그저 運命에 從容함이 오는 아침을 爲하여 가장 賢明할것이다.」

어째 자네뿐이겠는가!

일찌기 先輩인 어느 批評家의 論文도

이 「冷靜한 理性의 智慧로운길」을

우리들이 걸어갈 唯一의 길이라고 指示했음을,

나는 다시 한번 새롭게 記憶한다.

정말로 가시덤불은 茂盛하여 좁은 앞길을 덮고、

59

깊은밤 날씨는 언짢아, 두터운 暗黑[암흑]이

그 위에 자욱 누르고 있다.

이미

자네는 負傷[부상]한채 사로잡히고, 나는 病[병]들어 누워,

벌써 몇 사람의 진실로 존귀한 목숨이

苦難[고난]에 찬 그 험한 길 위에 넘어졌는가?

이제 우리들의 긴 隊伍[대오]는 허물어지고 「전선」은 어지럽다.

그러나 이 사람!

이 괴로운 밤이 다시 우리들을 찬란한 들판으로 나르는 대신

이름도 없는 歲月[세월]의 헛된 祭物[제물]로

번쩍 雜草[잡초] 욱어진 영구령 아래 메어치고 달아나지나 않을지?

60

나는 벌레먹어 무너저가는 내 가슴이 맞이할 運命과 더불어

몇번 고단한 몸을 뒤척이고,

몇번 掛鍾의 우는 소리를 들으면서,

이 시컴언 파도 가운데서 대답을 찾으며 생각하였을가?

내 수척한 肉身은 기름땀에 잠기고,

돌멩이처럼 머리는 沈默의 괴로운 바다속으로 가라앉는다.

瞬間

나는 周圍를 둘러싼 두터운 沈默이 문어지는 날카로운 소리에、

비로소 보이지도 않게 房안 가득 진친 셀수도 없는 모기떼의

무수한 입추리 가운데

참담히 누워있는 내 肉身의 全貌를

나는 모진 아픔과 몸서리를 같이 發見(발견)했다.

오오, 이 밤의 어두운 꿀이

그들의 온갖 活動(활동)에 얼마나 크고 넓은 自由(자유)를 주는것일가?

岩石(암석)까지도 진땀을 내뿜는 이 季節(계절)의 진한 입김이

그들의 엷은 두 날개를 얼마나 가볍고 굳세게 만들어 주는것

일가?

그러나 우리는

이 가운데서 보고 아는 모든 自由(자유)를 죽여가고,

「습격자」를 向(향)하여 몸을 이르킬 肉身(육신)의 적은 힘까지도 잃어간

다.

앵! 아우성소리 치며 눈 위를 감돌고,

소리개처럼 탁 귓전을 후려,

이 밤의 아픔의 가장 혹독한 前哨(전초)들은 꽉 뒷다리를 버티고,

우리들의 몸에 입추리를 꽂아,

밤이 주고 그들이 탐내는 모든것을

우리들의 全身(전신)에서 약탈한 참혹한 自由(자유)를 享樂(향락)하고 있다。

오, 지금은 肉燭(육촉) 電燈(전등) 흐릿한 좁다란 마루판자,

굵은 창살이 네모진 하늘을 두부같이 점여놓은 높다란 들창아

래,

내 자네의 여윈 몸은

고된 일에 넘어진 마소처럼 쓰러져있지 않은가?

얼마나 이 밤의 罪惡의 痛烈한 執行者들은

무참하고 아프게 그 입추리를 박았을가?

비비여 죽여도、눌너 죽여도、

벗아、내 분함이 어찌 풀리겠는가?

자네、이 모진 아픔에 잠들수 있겠는가?

자네、이 무거운 더위에 숨쉴수 있겠는가? 그리고 아직도

오는 아침 우리는 정말 健全할 수 있겠는가?

오오、몸을 이르키어 두 팔을 걷어라。

그리하여 네 손에 닿는 모든것을 잡아、

이 졸음과 생각을 다 한데 깨치고、

바로 우리 病들고 수척한 肉身을 쥐어뜯는

밤의 미운 哨兵團을 向하여,

주검으로써 夜擊에 일어서라.

萬一 우리가

자네와 그 亞流들이 말하는 거룩한 哲理를 좇는다면,

닭이 홰를 치고 바자 밑에 울며

이놈의 一族이 밤과 더불어 숲속에 물러갈 그 때,

우리들은 두엄이 되어 屈辱의 들판에 넘어졌을것이다.

나는

우리들의 肉身을 뜯기지도 않고

65

우리들을 헛되이 늙히지도 않는

그렇게 착한 여름밤이 있다는 神話와 함께

來日을 爲하여 맘의 아픔에 從容하라는

그 거룩한 哲理를 믿을수는 없다.

옛 冊

무더운 여름 한밤의 깊은 어둠이
摸索의 힘든 勞働에 오래 시달린
내 努力의 全身을 지긋이 누른다.

꺼칠한 눈섭 아레 푹 꺼진 두눈,
한 끝이 먼 希望의 港口로 닿아 있어,
아이때 쫓던 범나비 자취처럼
잡힐듯 말듯 젊은 날의 긴 동안을 고달피던
꿈길 아득한 옛 記憶의 맵고 쓴 나머지를

다시 글어모아 마음의 헌 樓閣을 重修하려

몇번 힘을 내고 눈알을 굴려 房안에 좁은 하늘을 헤매었는가?

그러나

검은 눈섭은 또다시 疲勞에 떨면서,

길게 눈알을 덮고,

주검의 억센 품안에서 몸을 떨쳐 휘어나려

오늘도 어제와 같이 고된 格鬪에 시달린 肉身은

푸근히 식은 땀의 생을 터치며

쪽 자리 위에네 활개를 내어 던진다.

그러면 벌써 나의 배는 破船하고 마는 것일가?

한조각의 썩은 널조차 나를 돌보지 않고,

그것 없이는, 정말로 그것 없이는,

평탄한 물에서도 온전히 그 길을 찾을수 없는

眞理에로 向한 한오리 가는 生命의 줄까지도

인제는 정말로 끊어져,

손을 들어 最後의 인사를 告하려는가?

오오, 한줌의 초라한 내 머리를 실어 오랜 동안

한마디 군소리도 없이 오직 나를 爲하여 充實하던 내 조그만

베개

반딧불만한 希望의 빛갈에도 불길처럼 타오르고,

풀잎 하나 그 앞을 가리어도 千오리 머리털이 활줄 같이 울던

靑年의 마음을 실은 내 탐탁한 거루인네가

이제는 저무는 가을의 지는 잎 되어 거친 波濤(파도) 가운데 엎드

려지면서,

그 最後(최후)의 인사에 공손히 대답하려는가?

나는 다시 한번 온몸의 激烈(격렬)한 戰慄(전율)을 느끼며,

춥고 바람 부는 三冬(삼동)의 긴 겨울밤,

그렇게도 잘 새벽 나루로 나를 나르던,

내 착하고 忠誠(충성)된 거루의 긴 航行(항행)을 回想(회상)한다.

屈辱(굴욕)의 분함이 나를 땅바닥에 메다쳤을제도,

너는 報復(보복)의 뜨거운 불길을 가지고 나를 이르키었고,

敗退(패퇴)의 매운 바람결이

내 마음의 엷은 피부를 찢어,

絶望의 깊은 골짝 아래 풀잎 같이 쓰러뜨렸을 그때에도、

너는 어머니와 같이 나를 달래어 勇氣의 귀한 젖꼭지를 빨리

면서、

아침 해가 東쪽 山 머리에 벙긋이 웃을때、

일지도 않게 늦지도 않게 새벽 港口로 나를 날랐었다.

지금
우리들 青年의 世代의 괴롭고 긴 歷史의 밤、

검은 구름이 비바람 몰고 怒한 물결은 산더미 되어、

悲劇의 검은 바다 위를 달리는 오늘

그 미덥던 너도 돛을 버리고 닷줄을 끊어、

오직 하늘과 땅으로 소리도 없는 絶望의 슬픈 노래를 뜯어、

가만히 내 귓전을 울닌다.

오오, 이것이 靑年인 내 주검의 자장가인가?

나는 참을수 없는 沈默에서 몸을 빼어 뒤척일때,
거칫 손에 닿는 조그만 옛 册子를 머리맡에서 집었다.

册장은 예와 같이 活字의 縱隊를 이끌고,
비스듬히 내 손에서 땅을 向하여 넘어간다.

이곳 저곳에 굵게 내리그은 붉은줄,
틈틈이 빈 곳을 메운 낯 익은 내 서투른 글씨,

72

나는 房안 그뜩히 나를 사로잡은 沈默의 城돌을 빼는、

그 귀여운 옛 册의 날개 소리에 가만히 감사하면서、

푸르륵 最後의 한장을 헛되이 단칠 때、

나는 天地를 흔드는 砲聲에 귓전을 맞은듯、

꽉 가슴에 놓인 氷囊을 부혀잡고 베개의 깊은 가슴에 머리를

파묻었다。

N·L 著 「一九〇五年의 意義」

一九〇五年!

一九〇五年!

一九〇五年!

베개는 노래의 속삭임이 아니라, 偉大한 進軍의 발자국 소리를,

어둠은 별빛의 실이 아니라, 太陽의 타는 熱과 눈부신 光彩를,

고요한 내 病室에 허덕이는 내 가슴 속에 들어 붓고 있다.

저 긴, 긴 北國의 어두운 밤,

얼마나 더럽고 편하게 그 자들은 살고,

얼마나 깨끗하고 괴롭게 그들은 죽었는가?

밝은 것까지도 밤의 秩序로 運行되어가는

이 괴롭고 긴 밤,

주검까지도 사는 즐거움으로 부둥켜안은 靑年의 아픈 幸福을,

나는 두 눈을 감아 아직도 손바닥 밑에 고요히 뛰고 있는,

내 情熱의 옛 집에서 똑똑히 였었다.

74

꼴프場(장)

까만 발들이 바쁘게 지내간다.

이슬 방울이 우수수 떨어지며,

흙 새에 끼었던 흰 모래알이

의 붓자식처럼 한 귀퉁이에 밀려난다.

그러면 어린 풀잎들이 느껴 운다.

뭐, 인젠 그 연한 풀잎이

알몸으로 또약볕을 쏘여야 하니까……

정말 가는 이파리들은 아직 나이 어려도,

75

炎_염天 아래서 찌는듯한 暴_{폭양}陽을 온 終_{종일}日 받아야 할 쓸아림을 잘

알고 있다.

外_{외국}國말을 쓴 세모난 다홍 旗_기가
勝_{승리자}利者처럼 흰 깃대 위에 너울거린다.
흘러가는 흰 구름이나 엷은바람,
모두가 그에겐 幸_{행복}福스런 音_{음악}樂같다.

딱! 모진 소리가 까만 저 끝에서,
푸른 하늘의 波_{파문}紋을 이르키며 울려온다.
기다란 카부가 끝나자
패랭이의 분홍꽃, 크로바의 긴 줄기,

모두다 사태에 밀리듯 쓰러지며,

너희들은 사냥개처럼 풀밭 위를 뛰어간다.

뒤 이어 짜그르르 끓는 손벽 소리에 섞여,

新女性의 外國말이 고양이 소리처럼 날카롭다.

참말 등(藤)나무 시렁 밑이란 무척 시언하렷다.

해는 벌써 버드나무 위에 이글이글하다.

그 위를 달리고 있는 까만 머리 아래 가는 목덜미 마른 장

둥이가 가죽처럼 탓구나!

잠방이만 입고, 아이들아! 너희는 저고리를 잊었니?

아하! 궁둥이가 뚫어졌구나.

그럼 필연코 너희들은 해진 잠방이밖엔 없던게구나.

77

바가지 모자를 쓴 紳士어른들도 잠방이를 입었었다.

허나 누런 빛 월천군이 바지는

몹시 값진 옷감이다.

그이들이 아까 공채를 둘러매고 自動車로 왔다.

勿論 新女性이 어깨에 매어달려 달게 웃고,

너희를 욕하던 뽀이놈이 날아갈듯 인사를 했다.

월천군이가 도랭이 먹은 개처럼 몸을 비틀면,

「어저면 저렇게 스타일이?」……

뽀이놈은 아가리를 벌리고, 新女性은 고양이 소릴 치며 술잔을 든다.

이래서 담뱃대 같은 공채가 땅만 긁다가 비뚜로라도 공을 맞

히면,
萬歲! 소리 박수 소리 찌어지는 女子의 목소리 똑 家畜市場

같다.

別로 공이 가본 일도 없는 싱거운 「三百야드」 말뚝이,

어제 정신을 잃고 집으로 업혀 간,

그애의 이마를 깟구나.

죄 없는 풀 이파리가 함부로 짓밟히고,

네들은 화김에 말뚝을 걸어찻다.

그때도 이놈에 손뼉과 웃음은 멋지 않았다.

아마 그들은 이런 유별난 病에 걸렸나 보다.

아이들아, 너혀들은 공을 물어오는 사냥개!

월천군들은 눈먼 砲手!

그러나 사냥개란 집에서 놀릴 때도 고기를 주지만,

그렇게 너희들은 온 종일 마당에 풀만 뜯다

비를 맞으며 강아지처럼 달달 떨고,

뚝을 넘어서 집으로 가 내놀것이란 빈 손뿐이니, 들앉았던 아

버지는 화를 내실밖에?

그럼 너희들은 이곳에 놀러 온것은 아니로구나.

이곳은 어른들이 장난하는 곳,

공이란놈은 너희들의 설은 속도 모르고,

제 갈대로 떴다 굴렀다 달아 만난다.

누구가 알가? 넘어지는 풀잎의 아픔이나 네들의 설음을!

멀리 가면 멀리 갈쑤록 좋아라 즐겨하는 월천군이 新女性의 마

음은 공보다 더하다.

아이들아! 네들의 運命은 공보다도 천하구나?

왜 이렇게 넓은 곳에 곡식을 심지 않았을가? 고개를 갸웃거

리며 물어보던 네 아우에게,

착한 아이들아! 네들은 무어라 대답했니?

이곳은 우리들의 미움을 심는 곳!

그러고…… 가만히 귓속해줄제 고운 풀잎들은 즐거움에 떨었다.

네 귀여운 동생은 네 가슴에 안기며 머리를 꼭 박고 언니,

81

우리 한푼도 쓰지 말고 아빠 갖다가 줍시다……。

네 불상한 동생은 눈깔사탕을 단념했다。

아이들아! 내 아히들아!

萬^만一^일 우리로 할수 있는 무엇이 있다면,

大^대體^체 무엇을 아끼겠는가? 네들의 幸^행福^복을 爲^위하는데……

햇님까지도 그 큰 입을 벌리어 말하지 않니?

이따위 일은 두번 다시 있어서는 안된다고。

82

다시 네거리에서

지금도 거리는
數(수) 많은 사람들을 맞고 보내며,
電車(전차)도 自動車(자동차)도
甚(심)히 분주하다.

이루 어디를 가고 어디서 오는지,

네거리 복판엔 文明(문명)의 新式(신식) 기계가
붉고 푸른 예전 깃발 대신에
이리 저리 고개를 돌린다.

83

스 텁——注意(주의)——꼬

사람、車(차)、動物(동물)이 똑 기예(敎練(교련)) 배우듯한다。

거리엔 이것밖에 變(변)함이 없는가?

낯선 建物(건물)들이 普信閣(보신각)을 저 위에서 굽어본다。

옛날의 점잔은 看板(간판)들은 다 어디로 갔는지?

그다지도 몹시 바람은 거리를 씻어 갔는가?

붉고 푸른 「네온」이 지렁이처럼、

지붕 위 벽돌담에 기고 있구나。

×

오오、그리운 내 故鄕(고향)의 거리여! 여기는 鍾路(종로) 네거리、

나는 왔다、멀리 駱山(낙산) 밑 오막사리를 나와 오직 네가 네가

84

보고싶은 마음에……

넓은 길이여, 단정한 집들이여!

높은 하늘 그 밑을 오고가는 허구한 내 行人들이여!

다 잘 있었는가?

오, 나는 이 가슴 그득 찬 반가움을 어찌 다 내토를 할가?

나는 손을 들어 몇번을 인사했고 모든것에게 웃어보였다.

번화로운 거리여! 내 故鄕의 鍾路여!

웬일인가? 너는 죽었는가, 모르는 사람에게 팔녓는가?

그렇지 않으면 다 잊었는가?

나를! 일찌기 뛰는 가슴으로 너를 노래하던 사내를,

그리고 네 가슴이 메어지도록 이 길을 흘러간 靑年들의 거센

물결을,

그때 내 불상한 順伊는 이곳에 업더져 울었었다.

그리운 원한에 그 뒤로는 누구 하나 네 위에서

앗긴 원한에 울지도 않고,

낯 익은 行人은 하나도 지나지 않던가?

오늘밤에도 예전 같이 네 섬돌 위엔 人生의 悲劇이 잠자겠지.

來日 그들은 네 바닥 위에 틔끌을 주으며……

그리고 갈 곳도 일할 곳도 모르는 무거운 발들이

고개를 숙이고 타박 타박 네 위를 걷겠지.

그러나 너는 이제 모두를 잊고,

단지 疲勞와 슬픔과 거먼 絶望만을 그들에게 안겨보내지는 설

마 않으리라.

86

비록 잠잠하고 희미하나마 來日에의 커다란 노래를

그들은 가만히 듣고 멀리 門밖으로 돌아가겠지。

●　●　●　●　●

看板이 죽 매어달렸던 낯익은 저 二階지금은 新聞社의 흰 旗

가 죽지를 늘인 너른 마당에,

장꾼같이 웅성대며, 확 불처럼 흩어지든 네 옛 친구들도 아마 大部分은 멀리 가버렸을지도 모를 것이다.

그리고 順伊의 어린 딸이 죽어간것처럼 쓰러져 갔을지도 모를 것이다.

허나, 일찌기 우리가 안 몇사람의 偉大한 靑年들과 같이, 眞實로 勇敢한 英雄의 단(熱한) 발자국이 네 위에 끊인적이 있었는가?

나는 이들 모든 새世代의 얼굴을 하나도 모른다.

그러나 「정말 健在하라! 그대들의 쓰린 앞길에 光榮이 있으라」고.

願컨대 거리여! 그들 모두에게 傳하여다오!

잘 있거라! 故鄕의 거리여!

그리고 그들 靑年들에게 恩惠로우라,

지금 돌아가 내 다시 일어나지를 못한채 죽어가도

불상한 都市(도시)! 鍾路(종로) 네거리여! 사랑하는 내 順伊(순이)야!

나는 뉘우침도 付託(부탁)도 아무것도 遺言狀(유언장) 위에 적지 않으리라。

89

낮

내가 自動車에 실려 유리窓으로 내다보던 저건너 동산도

벌써 분홍빛 저고리를 벗어 던지고,

넓다란 푸른 이파리가 물고기처럼 흰 뱃바디를 보이면서,

제법 살았소 하는듯이 너울거린다.

어느새 여름도 짙었는가보다.

그러기에 내가 이 절에 올 때엔,

겨우 터를 닦고 材木을 깎던 집들이

벌써 기둥이 서고 지붕이 덮이어,

영을 깔고 용마름을 펴는 일꾼이 밀짚모자를 썼지.

두드러지게 잘된 장다리밭 머리를

곱게 다린 황나적삼을 떨쳐 입고,

꽁지가 빨간 잠자리란 놈이 의젓이 날고 있다.

밭 머리에 서있는 승거운 포푸라나무가

험수룩한 제 그림자를 동그란히 접어 안고,

山 넘어 紡績會社의 묵멘 고동이

서울 온 村 아기들을 食堂으로 부를때,

아주 소리개 모양으로 떠돌아 보고,

물을 차는 제비나 된듯 내달으며 넘놀아도 보던,

91

잠자리녀석들도 꼬리를 오구리고 죽지를 끌며,

장다리가 세로 가로 쓰러져 있는 밭 가운데로,

졸리는듯 내려앉는다.

정말 요새 또약볕이란 돌도 녹일가 보다.

후꾼한 바람이 진한 걸음 내를 품기며,

나무 끝을 건드리고 밭 위를 지내간다.

벌떼가 몇개 안남은 무색한 보라빛 꽃수염을

물었다 놓고, 놓았다 물며,

왕 왕 날개를 울리면서 해갈을 한다.

호랑나비는 들어가면 눈이 먼다는 독한 가루를 잔득 실고 아

롱거린다.

꼬리를 건드리고 머리를 만져도

저 잠자리란 녀석은 다시 일지를 않으니,

졸고 있나, 그렇지 않으면 인제 벌써 죽었나?

거미줄채를 손에 든 선머슴 아이들이

신발을 벗어 들고 성큼 발소리를 죽여가며,

한 걸음 두 걸음 곧 손이 그 곧에 미칠텐데,

오, 저런 망한 녀석들의 심술 궂은 눈 좀 보게。

어쩌면……

고렇게 꼿꼿하고 고운 두 날개,

빨간 빛깔이 기름칠 한 것처럼 윤택나는 날신한 체구가

어찌 될지!

어째 맵기 당추 같은 고추짱아의 마음도 모르고 있을가?

앵두꽃 진지가 얼마나 된다고 요만한 또약볕에,

쨍이야, 벌서 「호박」처럼 맑던 네 눈도 어두워졌니?

녹음의 짙은 물결이 들 가득 밀려오고 밀려간다.

동산은 어른처럼 말 없시 잠잠하다.

아마 연연한 봄의 고운 배는 벌써 엎어졌나보다.

정말 이 따거운 또약볕의 소나기통에,

굳은 날개도 두터운 비름 이파리도 다 또 일수 없이 풀이 죽

고 말았을가?

94

골짜기 속에서 낮잠을 자던 게으른 풀숲에,

젊은 꾀꼬리가 한마리 푸드득 나무잎을 걸어차고,

고요한 침묵의 망사를 찢고 하늘로 날아갔다.

오오, 고마와라, 얼마나 고마울가!

문득 나는 이 조그만 괴로운 꿈을 깨여,

단장을 의지하여 허리를 펴서 뒷山을 보았다.

숲 사이에 원추리가 한떨기 재나 넘은 보름달처럼,

음전히 머리를 쳐들고,

꾀꼬리가 남긴 노랫곡조의 여음을 듣고 있지 않은가!

나는 무거운 다리를 이끌어 山비탈을 올라가면서、

「꿈 꾸지 말고 時代의 한가운데로 들어오라」는 植物들의 흔드

는 손을 보았다.

「너는 아직도 죽지 않았었구나」 하고、

원추리가 多情스러이 웃는 얼굴을 보았다.

나는 잠간 얼굴을 붉히고 머리를 숙였다가

다시 고운 나비와 무성한 식물들의 겨우사리를 생각하며 고개

를 들었다.

그때 나는 아직 살아있는 幸福이 물결처럼 가슴에 복받침을 느

끼었다.

96

江강가로 가자

얼음이 다 녹고 진달래 잎이 푸르러도,
江강물은 그 모양은커녕 숨소리도 안 들려준다.

제법 어른답게 왜버들 가지가 장마철을 가리키는데,
빗발은 오락가락 실없게만 구니 언제 大河대하를 만나볼가?

그러나 어느덧 窓창밖에 용구새가 골창이 난지 十餘日십여일,
함석 홈통이 病舍병사앞 좁은 마당에 딩구는 소리가 요란하다.

97

나는 첨臺(대)를 일어나 발돋움을 하고 들창을 열었다.

답답어라, 古城(고성) 같은 白氏紀念館(백씨기념관)만이 비에저저 默默(묵묵)하다.

오늘도 波濤(파도)를 이루고 거품을 내뿜으며 大同江(대동강)은 흐르겠지?

일찌기 고무의 아이들이 낡은것을 향하여 내닫든 그때와 같이

흐르는 江(강)물이여! 나는 너를 富(부)보다 사랑한다.

「우리들의 슬픔」을 싣고 大海(대해)로 달음질하는 네 偉大(위대)한 氾濫(범람)을!

얼마나 나는 너를 보고싶었고 그리웠는가?

그러나 오늘도 너는 모르는척 저 뒤에 숨어있다, 누운 나를 비웃으며,

98

정말 나는 다시 이곳에서 일지를 못할것인가?

무거운 생각과 깊은 病병의 아픔이 너무나 무겁다.

오오, 萬一만일 내가 눈을 비비고 저 門문을 박차지 않으면,

정말 江강물은 册책 속에 眞理진리와 같이 永遠영원히 우리들의 生活생활로부
터
因緣인연없이 흐를지도 모르리라.

누구나 歷史역사의 거센 물가로 닥아서지 않으면,

永遠영원히 眞理진리의 방랑자로 죽어버릴지 누가 알것일가?

青年청년의 누가 과연 이것을 참겠는가? 두말 말고 江강가로 가자、

넓고 自由로운 바다로 소리처 흘러가는 저 江가로!

들

눈알을 굴려 하늘을 쳐다보니,

참 높구나, 가을 하늘은

멀리서 둥그런 해가 네 까만 얼굴에 번쩍인다.

네가 손등을 대어 부신 눈을 문지를새,

어느 틈에 재바른 참새놈들이

푸르르 깃을 치면서 먹을 콩이나 난듯,

함빡 논 위로 내려앉는다.

휘어! 손벽을 치고 네가 줄을 흔들면,

벙거지를 쓴 거먼 허수아비 착하기도 하지,

언제 눈치를 챘는지, 으쓱 어깨짓을 하며 손을 젓는다.

우! 우! 건넛말 네 동무들이 풋콩을 구워놓고,

山모퉁이 모닥불 연기 속에 두 손을 벌려 너를 부르는구나!

얼싸안고 나는 네 볼에 입맞후고싶다.

한 손을 젓고 말없이 웃어 대답하는

오오, 착한 네 얼굴.

들로 불어오는 바람이라고 어찌 마음이 없겠니?

덥고 긴 여름 동안 여위어온 네 두 볼을 어루만지고 지나간
다.

철뚝에 선 나무잎들마저 흐드러져 웃는구나!

지금 네 눈앞에 허리를 굽혀 인사하는,

오지게 찬 벼 이삭이 누렇게 여물어가듯,

푸르고 넓은 하늘 아래 自由_{자유}롭게 너희들은 자라겠지……

자라거라! 자라거라, 草木_{초목}보다도 더 길길이.

오오! 그렇지만 내 목이 메인다.

바람이 불어온다.

수수밭 콩밭을 지나 네 논두둑 위에로,

참새를 미워하는 네 마음아,

한 톨의 벼알을 뉘때문에 아끼는고?

가을 바람

나무 잎 하나가 떨어지는데,

무에라고 네 마음은 종이풍지처럼 떨고 있니?

나는 서글프구나 해맑은 유리창아!

그렇게 단단하고 차디 찬 네 몸,

어느 구석에 우리 누나처럼 슬픈 마음이 들어있니?

참말로 누가 오라고나 했나?

기다리기나 한것처럼 달아 와서,

그리 마다는 나무 잎새를 훑어 놓고,

내 아끼는 유리창을 올리며 인사를 하게.

너는 그렇게 정말 매몰하냐?

그렇지만 나는, 네가 정답다.

영리한 바람아,

再昨年(재작년), 그러고 더 그 前(전)해에도, 가을이 올적마다,

곁눈 하나 안 떠보고, 내가 靑年(청년)의 길에 忠誠(충성)되었을 때,

내 머리칼을 날리던 너는, 우렁찬 前進(전진)의 音樂(음악)이었다.

앞으로! 앞으로! 누구가 退却(퇴각)이란 것을 꿈에나 생각했던가?

눈보라가 하늘에 닿은 거칠은 벌판도 勝利(승리)에의 꽃밭이었다.

오늘……

오래된 집은 허물어져 옛 동간 들은 찬 마루판 위에 얽매어 있고,

비열한들은 이상과 진리를 죽그릇과 바꾸어,

가을 비가 落葉낙엽 위에 찬데,

부지런한 너는 다시 그때와 같이 내게로 왔구나!

情정답고 영리한 바람아!

너는 내 마음이 속삭이는 말귀를 들을줄 아니, 왜 말이 없느냐?

필연코 길가에서 비열한들의 군색한 푸념을 듣고 온게로구나!

입이 없는 유리창이라도 두드리니깐 울지 않니?

마음 없는 落葉낙엽 조차 떨어지면서, 제 슬픔을 속이지는 않는다.

짓밟히고 걷어채이면서도、 웃으며 아첨할것을 잊지 않는 비열한 들을、

보아라! 영리한 바람아、 저 참말로 미운 人間(인간)들이、

땅에 내던지는 한그릇 죽을 주린개처럼 쫓지 않니?

불어라、 바람아! 모질고 싸늘한 서릿 바람아、 무엇을 거리끼고 생각할까?

너는 내 가슴에 괴어 있는 슬픈 생각에도 대답지 말아라。

곧장이 平壤城(평양성)의 자욱한 집들의 용마루를 넘어、

숲들이 흐득이고 江(강)물이 추위에 우(鳴명)는 겨울 벌판으로……

108

겨울이 오면 봄은 멀지 않았으니까……

벌레

사람들이 말하기를,
벌레는 下等動物이다.
참으로 이것을 의심할수야 없는 것이다.

하룻날
가을 바람과 함께 오지게 익어가는 논배미 좁은 길을,
이슬진 풀잎을 걷어차며 바닷가에 나아가니,
벌써 제철을 보낸 늙은 버레가 하나,
새로 쌓아올린 埋築地 쎄멘트 벽을 기어가다,

110

나를 보고 놀래기나 한듯,

소스라처 물 속으로 딩구러 떨어진다.

마치 못 이기어 인사치레나 하듯 스르르 퍼진다.

텀벙…… 지극히 조그만 소리가 나면서 엷은 波紋이

그러나 물결이 한번 돌을 치고 물러갈때

바다는 아까와 다름 없이 아침 햇발을 눈부시게 反射한다.

아직 아무도 밟아본듯싶지 않은 정한 돈대 위에,

좁쌀 같은 새까만 뚱알이 여나문 나란히 벌려 있었다.

이것은 충분히 늙은 버레가 죽음으로 가던 길이면서、

그가 아직도 살았었노라 하던,

最後의 遺物임을 누구가 의심할가.

네가 한마리 이름 없는 벌레와 다른게 무엇이냐.

고지식한 마음이 提出하는 質問의 對答을 찾으려고,

한참을 머뭇거리다 하늘을 向하여 고개를 들었을제,

甚히 怒한 太陽의 表情에

두손으로 나는 얼골을 가리었다.

이때 물결이 어머니처럼 이르기를,

사람은 봄에 났다 가을에 죽는 벌레는 아니니라.

벌레도

밟으면 꿈틀한다는 俗談^{속담}도 이젠 소용이 없는가?

浦口^{포구} 저 쪽으로 물결은 돌아갔다.

안개 속

하늘 땅 속속드리
먹 위에 먹을 갈아 부었다.
발뿌리조차 안 뵌다만,
나는 아직 외롭지 않다.

비가 흩뿌리더니,
우뢰가 요란하고,
번개가 날카롭고,
드듸어 내 잠자는 마을,

뭇 집 들창이 캄캄하다.

길 가 불들도 꺼졌다.

별도, 달도, ……。

밀물처럼 네가 쓸어와,

다시는 불도

내일 낮도 없을듯 하더라만,

나의 마을 사람들은 대견하더라!

앞을 다투어 깜북 깜북

여러 들창이 환하니

흐득임을 보아,

오무러졌다 펴는 불촉이 분명타.

길 가는 나그네들이

나비떼처럼 불 갓으로 찾아든다.

볼이 패이고 뼛골이 들어났다.

별빛보다 희미한 들창이

그들에 역력한 고난을 비친다.

정녕 몇 사람을

너는 험한 길 위에 죽였을 게다.

네 손은 아귀가 세고 끈끈하다.

붓석 힘을 주어 움키면,

아무것이고 다 부여잡히리라만,

모래알처럼

손가락 틈을 새는것이 있으리라.

꼭 쥐면 쥘쑤록 틈이 번다.

안개 끼인 밤에는

호롱 불이 보름달 같으니라.

물론 나그네들이야 집도 없고 길도 멀다.

그 대신 희망이 꼭 찼더라.

눈동자는 굴속 같아야,

한점 불이 별 같고,

가슴은 한층 밝아,

밤새도록 환히 아름답더라.

내야 눈마저 흐리다만,

아직 외롭지 않다.

一年

나는 아끼지 않으련다.

落葉이 저 눈발이 덮인

시골 능금나무의 靑春과 壯年을……

언제나 너는 가고 오지 않는 것.

오늘도 들창에는 흰 구름이 지나가고,

참새들이 꾀꼬리처럼 지저귄다.

모란꽃이 붉던 작년 오월,

지금은 記憶마저 구금 되었는가?

119

나의 一年(년)이여, 짧고 긴 세월이여!

怒濤(노도)에도, 달콤한 봄바람에도,

한결 같이 默默(묵묵)하던 네 表情(표정)을 나는 안다,

허나 거렇게도 一年(년)은 정말 平和(평화)로 왔는가?

「彼女(피녀)」는 단지 희망하는 마음까지

범죄 그 사나운 눈알로 흘겨본다.

나의 삶이여! 너는 한바탕의 춤이려느냐?

한간 방은 오늘도 납처럼 무겁다.

재바른 가을바람은 멀지 않아,

120

버들 잎을 한웅큼 저 窓^창 틈으로,

지난해처럼 훑어넣고 달아나겠지,

마치 올해도 世界^{세계}는 이렇다는듯이.

그러나 한개 여윈 청년은 아직 살았고,

또다시 우리집 능금이 익어 가을이 되리라.

눈 속을 스미는 가는 샘이 大海^{대해}에 나가 노도를 이룰 때,

一^일年^년이여, 너는 그들을 위하여 군호를 불러라.

나는 아끼지 않으련다, 잊어진 시절을.

一^일年^년 平^평穩^온無^무事^사한 바위 아래 生^생命^명은 끊임없이 흘러간다.

넓고 큰 大^대洋^양의 앞날을 향하여,

지금 적막한 旅路를 지키는 너에게 나는 精誠껏 인사한다.

하 늘

감이 붉은 시골 가을이

아득히 프른 하늘에 놀 같은

미결사의 가을 해가 밤보다도 길다.

갔다가 오고, 왔다가 가고,

한간 좁은 방 벽은 두터워、

높은 들창 갓에

하늘은 어린애처럼 찰락어리는 바다。

나의 생각하고 궁리하던 이것저것을,

다 너의 물결 위에 실어,

구름이 흐르는 곳으로 띄워볼가!

동해바다 가에 적은 촌은,

어머니가 있는 내 고향이고,

한강 물이 숭얼대는

영등포 붉은 언덕은,

목숨을 바쳤던 나의 전장.

오늘도 연기는

구름보다 높고,

누구이고 청년이 몇,

너무나 좁은 하늘을

넓은 희망의 눈동자 속 깊이

호수처럼 담으리라.

빌리는 팔이 아무리 좁아도,

오오! 하늘보다 너른 나의 바다.

最後의 念願

얼마나 크고,

얼마나 두려운 힘이기에,

세월이여! 너는

나를 이곳으로 이끌어 왔느냐?

밀치고, 또

박차고 하면,

급기야 나는

最後의 항구로 외로이

126

돌아오지 않는 손이 되리라만,

落日낙일이여! 나에겐,

아직 한마디 말이 있다.

참말 머리 위엔

별 하나이 없고,

어둔 하늘이

洪水홍수처럼

山河산하를 덮어,

한자욱 발길조차

나의 故鄕고향을

밟을수가 없다면,

아아, 꺼지려는 눈아!

네 빛이 흐리기 전에,

차라리 나는

호화로이 밤 하늘에 흩어지는

五色(오색) 불꽃에,

아름다운 運命(운명)을

배우련다.

最後(최후)의 念願(염원)이여!

너는 나의

즐거움이냐? 슬픔이냐?

侏儒의 노래

나의 마음은 괴롭노라……

諸君은 나의 이런 嘆息을 좋아한다.

어쩌다 나의 노래가 울음이 될냥이면,

諸君은 한층 더 나를 사랑한다.

오! 하고 외마디 소리를 지르면,

諸君은 벌써 熱狂하고 있다.

129

勿論 나는 잘 안다.

諸君들이 悲劇을 사랑하는 높은 趣味를……。

幕끝이 되면 主人公은 병아리처럼 쓰러지고,

諸君은 高調된 悲劇美에 醉할듯하다.

하물며 悲劇의 終末이 가져오는 一場의 喜劇,

諸君, 要컨대 나의 末路를 보고싶다는게지!

敬愛하는 諸君, 萬一 씨이자가, 決코 諸君이 아니라, 씨이자가,

聖餠의 맛을 警戒했다면, 破綻은 좀더 延期되었을지도 모른다.

또 한번, 아니, 얼마든지 말해줄가?

諸^제君^군、 實^실로 나의 마음은 괴롭노라。

—네 萬^만一^일 너를 사랑하는 者^자를 사랑하면 이는 사랑이 아니니라.

너의 敵^적을 사랑하고 너를 미워하는 者^자를 사랑하라 「福^복音^음書^서」

敵^적

1

너희들의 敵^적을 사랑하라—

나는 이때 예수 敎徒^{교도}임을 자랑한다.

敵^적이 나를 죽도록 미워했을 때,

나는 敵^적에 대한 어찌할수 없는 미움을 배웠다.

敵^적이 내 벗을 죽엄으로써 괴롭혓을 때,

나는 友情을 敵에 대한 殘忍으로 고치었다.

敵이 드디어 내 벗의 한사람을 죽였을 때,

나는 復讐의 비싼 眞理를 배웠다.

敵이 우리들의 모두를 노리었을 때,

나는 곧 섬멸의 數學을 배웠다.

敵이여! 너는 내 最大의 教師、

사랑스런것! 너의 이름은 敵이다.

2

敵이여! 너는 내 數學 工夫에 게을렀을 때,

敵이여! 너는 칼날을 가지고 나에게 勤勉을 가르치었다.

때로 내가 無謀한 돌격을 시험했을 때,

133

敵(적)이여! 너는 아픈 打擊(타격)으로 전진을 위한 退却(퇴각)을 가르치었다.

때로 내가 비겁하게도 진격을 주저했을 때,

敵(적)이여! 너는 뜻하지 않은 공격으로 나에게 前進(전진)을 가르치었다.

만일 네가 없으면 참말로 四則法(사칙법) 모를 우리에게, 敵(적)이여! 너는 前進(전진)과 退却(퇴각)의 高等數學(고등수학)을 가르치었다.

敗北(패북)의 이슬이 찬 우리들의 잔등 위에 너의 慘酷(참혹)한 肉迫(육박)이 없었더면,

敵(적)이여! 어찌 우리들의 가슴속에 사는 青春(청춘)의 精神(정신)이 불탔겠는가?

134

오오! 사랑스럽기 限한이 없는 나의 畢生필생의 동무

敵적이여! 정말 너는 우리들의 勇氣용기다.

너의 敵적을 사랑하라!

福音書복음서는 나의 光榮광영이다.

地上의 詩

太初에 말이 있느니라……
人間은 고약한 傳統을 가진 動物이다.
行爲하지 않는 말,
말을 말하는 말,
이브가 아담에게 따 준 無花果의 秘密은,
실상 智慧의 온갖 수다 속에 있었다.

飽滿의 이야기로 飢餓를,
天上의 노래로 地獄의 苦痛을,

136

어리석게도 人間은 곧잘 바꾸었었다、

그러나 地上의 빵으로 배부른 사람은

果然 하나도 없었던가?

神聖한 智慧여! 光榮이 있으라.

온전히 運命이란、 말 以上이다.

단지 사람은 말할수 있는 運命을 가진것、

運命을 이야기할수 있는 말을 가진것이、

沈默한 行爲者인 도야지보다 優越한 點이다.

말을 行爲로、

行爲를 말로、

自由로 飜譯할수 있는 機能、

그것이 詩의 最高의 原理。

地上의 詩는

智慧의 虛僞를 깨뜨릴뿐 아니라、

智慧의 悲劇을 救한다。

分明히 太初의 行爲가 있다……。

너 하나 때문에

오직 있는 것은
光榮 하나뿐이고,

정녕 屈辱이란 없는가?

있어도 없는 것인가?

만일 싸움만 없다면⋯⋯.

그러나 싸움이 없다면,

둘이 다 없는 것,

싸움이야말로

光榮과 屈辱의 어머니,

모든것 가운데 모든것.

敗北의 피가

勝利의 葡萄酒를 빚는 것도,

屈辱이

光榮의 香料를 끄어내는 것도,

모두다 싸움의 넓은 바다.

바다는

넓이도 깊이도 없어,

勝利가 실컨

제 즐거움의 眞珠를 떠내고,

敗北이 죽도록

제 아픔의 高貴한 값을 알아내는 곳.

회복될수 없는

굴욕의

—— 諸君은 이 말의 意味를 아는가?

아프고 아픈 傷處가,

붉은 피가

薔薇 떨기처럼 피어나는 곳。

아아! 너 하나, 너 하나 때문에,

나는 屈辱마저를 사랑한다.

洪水 뒤

하나도 아니었고,
둘도 아니었다.

활개를 젓고 건너가,
죽지를 늘이고 돌아온
이 항구의 추억은,
참말 열도 아니었다.

그러나 굳건하던

작고 큰 집들이

터문도 없이 휩쓸려 간

洪_홍水_수 뒤,

황무지의 밤 바람은

너무도 맵고 거칠어。

언제인가 하루 아침、

맑은 희망의 나발이었던

고동 소린 오늘 밤、

청춘의 구슬픈 매장의 노래 같아야、

고향의 부두를 밟는

나의 무릎은 얼듯 차다.

긴 밤車가 닫는 곳,

나의 벗들을 사로잡은

차디 찬 運命 속에서도,

청년의 자랑은

꺼지지 않는 등촉처럼 밝았으면……

아아 이 하나로 나는

平生의 보배를 삼으련다.

夜行車 속

사투리는 매우 알아듣기 어렵다.

허지만 젓가닥으로 밥을 나러가는 어색한 모양은,

그까만 얼골과 더불어 몹시 낯닉다.

너는 내 方法으로 내어버린 벤또를 먹는구나.

「젓갈이나 거더 가주 올게지……」

혀를 차는 네 늙은 아버지는

자리가 없어 일어선채 부채질을 한다.

146

글세 옆에 앉은 점잔한 사람이 수건으로 코를 막는구나.

아직 멀었는가 秋風嶺은……

그믐밤이라 停車場 標말도 안 보인다.

답답워라 山인지 들인지 대체 지금 어디를 지내는지?

· · ·
나으리들뿐이라, 누구한태 엄두를 내어
물을수도 없구나.

· · ·
다시 한번 손목時計를 드려다보고 洋服장이는 모를말을 지저귄다.

아마 그 사람들은 모든것을 다 아나보다.

147

되놈의 땅으로 농사가는줄을 누가 모르나.

面所에서 준 표紙를 보지, 하도 지척도 안뵈니까 그렇지!

車가 덜컹 소리를 치며 엉덩방아를 찧는다.

필연코 어제 아이들이 돌멩이를 놓고 달아난게다.

가뜨기나 무거운 짐에 너 그 사이다병은 집어넣어 무얼 할때.

오호 착해라, 그래도 누이 시집갈제 기름병을 할라고······。

怒하지 마라 너의 아버지는 소 같구나.

빠가! 잠결에 기대인 늙은이의 머리를 밀쳐도,

엄마도 아빠도 말이 없고 허리만 굽히니······

오오, 물소리가 들린다 넓고 긴 洛東江에……。

대체 어디를 가야 이 밤이 샐가?

애들아, 서있는 네 다리가 얼마나 아프겠니?

車는 한창 江가를 달리는지,

물소리가 몹시 情다웁다.

필연코 故鄕의 강물은 이 꼴을 보고 怒했을게다.

149

海峽의 로맨티시즘

바다는 잘 육착한 몸을 뒤척인다.

海峽 밑 잠자리는 꽤 거친 모양이다.

맑게 갠 새파란 하늘

높다란 해가 어느새 한낮의 카브를 꺾는다.

물새가 멀리 날아가는 곳,

釜山埠頭는 벌써 아득한 故鄕의 浦口인가!

그의 발 밑,

하늘보다도 푸른 바다,
太陽(태양)이 기름처럼 풀려,
뱃전을 치고 뒤로 흘러 가니,

옷깃이 머리칼처럼 바람에 흩날린다.

아마 그는
日本列島(일본열도)의 긴 그림자를 바라보는게다.

흰 얼굴에는 분명히
가슴의 「로맨티시즘」이 물결치고 있다.

藝術(예술)、學問(학문)、움직일수 없는 眞理(진리)……

그의 꿈꾸는 思想(사상)이 높다랗게 굽이치는 東京(동경)、

모든것을 배워 모든것을 익혀,

다시 이 바다 물결 위에 올앉을 때,

나는 슬픈 故鄕의 한 밤,

해보다도 밝게 타는 별이 되리라.

靑年의 가슴은 바다보다 더 설래었다.

바람 잔 바다,

무더운 三伏의 고요한 대낮,

二千五百噸의 큰 汽船이

앞으로 앞으로 내닫는 甲板 위,

흰 난간 가에 버서젯힌 가슴,

벌건 살결에 부디치는 바람은 얼마나 시언한가!

그를 둘러 싼 모든것,

고깃배들을 피하면서 내뽑는 고동 소리도,

希望의 港口로 들어가는 군호 같다.

내려앉았다 떴다 넘노니는 물새를 따라,

그의 눈은 몹시 한가로울제

뱃머리가 삑! 오른편으로 틀어졌다.

훤히 트이는 水平線은 希望처럼 넓구나!

오오! 점점이 널린 검은 그림자,

그것은 벌써 나의 섬들인가?

물새들이 놀라 흩어지고 물결이 높다.

153

海峽의 한낮은 꿈 같이 허물어졌다.

몽롱한 연기,

희고 빛나는 은빛 날개,

우뢰 같은 음향,

바다의 王者가 호랑이처럼 다가오는 그 앞을,

기웃거리며 지내는 흰 배는 정말 토끼 같다.

「반사이」! 「반사이」! 「다이닛……」……

二等 캐빈이 떠나갈듯한 아우성은,

感激인가? 협위인가?

깃발이 「마스트」 높이 기어 올라갈제,

靑年의 가슴에는 굵은 돌이 내려앉았다。

어떠한 불덩이가,

과연 층계를 내려가는 그의 머리보다도

더 뜨거웠을가?

어머니를 부르는、 어린애를 부르는、

南道 사투리、

오오! 왜 그것은 눈물을 자아내는가?

정말로 무서운것이……

불붙는 信念보다도 무서운것이……

靑年! 오오, 자랑스러운 이름아!

적이 클쑤록 승리도 크구나.

三等船室 밑

똥그란 유리창을 내다보고 내다보고,

손가락을 입으로 깨물을 때,

깊은 바다의 검푸른 물결이 왈칵

海溢처럼 그의 가슴에 넘쳤다.

오오, 海峽의 浪漫主義여!

밤
甲板(갑판) 위

너른 바다 위엔 새 한마리 없고,
검은 하늘이 바다를 덮었다.

앞으로 가는지, 뒤로 가는지,
배는 한 곳에 머물러 흔들리기만 하느냐?

별들이 물결에 부디쳐 알알이 부서지는 밤,
가는길조차 헤아릴수 없이 밤은 어둡구나!

그리운이야 그대가 선 보리밭 위에 제비가 떴다.

깨끗한 눈갓엔 이따금 향기론 머리갈이 날린다.

좁은 앙가슴이 비들기처럼 부풀어 올라,

동그란 눈물 속엔 설음이 사모쳤더라.

고향은 들도 좋고, 바다도 맑고, 하늘도 푸르고,

그대 마음씨는 생각할쑤록 아름답다만,

우름소리 들린다, 가을바람이 부나보다.

洛東江가 龜浦벌 위 갈꽃 나붓기고,
낙 동 강   구 포

깊은 밤 停車場 등잔이 껌벅인다.
         정 거 장

158

어머니도 있고, 아버지도 있고, 누이도 있고, 아이들도 있고,

벌레들도 울고, 사람들도 울고,

건넛마을 불들도 반작이고, 느티나무도 거멓고, 앞내도 환하고,

기어코 오늘밤 또 移民列車가 떠나나보다.

그리운이야! 기약한 여름도 지나갔다.

밤 바람이 서리보다도 얼굴에 차,

벌써 한해 넘어 외방볕 아래 옷깃은 찌들었다.

굶는가, 앓는가, 無事한가?

죽었는가 살았는가도 알수 없는

靑年의 길은 참말 苛酷하다.

그대 소식 나는 알 길이 없구나!

어느 누군 사랑엔 입맛도 잃는다더라만,

이 바다 위 그대를 생각함조차 부끄럽다.

물결이 출렁 밀려 오고, 밀려 가고,

그대는 고향에 자는가?

나는 다시 이 바다 뱃길에 올랐다.

玄海바다 저쪽 큰 별 하나이 우리의 머리 위를 비칠뿐,

아무것도 우리의 마음을 모르는 않는다만,

아아, 우리는 스스로 命令에 順從하는 靑年이다。

海上^{해상}에서

對馬島^{대마도} 南端^{남단}은 水平線^{수평선} 위에 스러졌다.

가라앉듯 멀리

동그란 해가 어느새 붉게 풀려,
南^남쪽으로 南^남쪽으로 흐르는 곳,

드문 드문 검은 점들은 流球列島^{유구열도}인가?

물새들도 어느새 검은 옷을 입어,

눈선 나그네를 희롱툿 노니는구나!

162

아아! 불빛이 보인다.

어렴풋 關門海峽의 저녁 불들이

그 가운데는 붉고 푸른 불들도 있다.

나는 저곳 山川의 이름도 못들었다.

인제 고향은 아득히 멀어졌고,

連絡船은 곤두설듯 速力을 돋운다만,

──정녕 이곳에 고향으로 가지고갈 보배가 있는가?

──나는 학생으로부터 무엇이 되어 돌아갈것인가?

163

가슴을 짚어보아라,

하얗고 가는 손아,

누구가 이러한 저녁

靑年_{청년}들의 가슴 위에 얹힌

떨리는 손에 흐르는

더운 脈_맥박을 짐작하겠는가.

太平洋_{태평양}、太平洋_{태평양} 넓은 바다여!

일본列島_{열도} 저 위

지금 큰 별 하나이 번적였다.

來日 하늘엔 어떤 바람이 붓것인가?

배는 아직 바다 위에 떠 있고,

인제 겨우 東海道 沿線의 긴 列車는 들어온듯 하나,

아아! 나는 두 손을 벌리어 하늘을 안고,

目的한 땅 위에서 물결치는 太平洋을 향하여

고함을 지른다.

荒蕪地^{황무지}

도망해 나온 시골 어머니가
밤마다 머리맡에 울더라만,
끝내 나는 고향에 돌아가지 않았다.

어머니는 늙고 병들어 벌써 땅에 묻혔다.
그래야 나는 산소가 어디인지도 모른다.

……어머니도, 고향도,
나에게는 소용 없었다.

166

나는 젊은 청년이다…….

자랑이 가슴에 그뜩하여,

배가 부산 부두를 떠날 때도,

고동 소리가 나팔처럼 우렁만 찼다。

어느 한구석 눈물이 있을리 없어,

그 자리에 내 좋아하는 누이나 戀人이 죽는대도,

왼 눈 하나 깜작할것 같지 않았다。

그러나 이 江을 건느는 내 마음은,

웬 일인지 少年처럼 흔들리고 있다。

차가 철교를 건느는 소리가 요란이야하다、

그렇지만 엎어지려는 뱃간에서도、

나는 무릎 한번 안 굽혔다。

그다지도 너는 내게 가까왔던가!

아아! 메마른 들 헐벗은 山,

대체 네가 무엇이기에、

벌써 江판은 얼어、

너른 구포벌엔 黃土 한점 안 보인다。

눈발이 부연 하늘 아래,

나는 기차를 타고 秋風嶺을 넘어,

서울로 간다.

서울은 나의 고향에서도 千里,

다만 나의 어깨의 짐을 풀 곳일따름이다.

자꾸만 車窓을 흔드는 바람 소린,

슬픈 자장일가? 아픈 신음 소릴가?

── 아이들을 기르고 어머니를 죽인,

아아! 오막들도 전보다 얕아지고,

인제 밤에는 호롱불 하나이 없이 산단구나.

荒蕪地여! 荒蕪地여!

너는 아는가?

청년들이 어떤 列車를 탔는가를……。

愁^수
鄕^향

고향은
인제 먼 半島^{반도}에

뿌리치듯

버리고 나와,

기억마저
희미하고、

옛 일은

생각할쑤록

쓸아리다만,

아아! 지금은 五月오월
한창 때다.

종달달새들이
팔매친 돌처럼
곧장
달아 올라가고,
이슬 방울들이
조으는,
초록빛 밀밭 위,

어루만지듯
微風이 불면,
微미 風풍

햇발들은
花粉처럼 흩어져.
花화 粉분

두 손을 빌려,

호랑나비를 쫓던

또랑 가의 꿈이,

아직도

어항 속에

붕어처럼

173

맑다만。

지금은 五月오월
한창때

소낙비가 지나간
都會도회의 舖道포도 위
한줌 물 속에,

아아! 나는
五月오월의
푸른 하늘을 보며、

허위대듯

잊기 어려운

나비를 쫓고 있다.

내 靑春에 바치노라

그들은 하나도
어디 태생인질 몰랐다.
아무도 서로 묻지 않고,
이야기 하려고도 안했다.

나라와 말과 부모의 다름은
그들의 우정의 한 자랑일뿐.
사람들을 갈라놓는 장벽이,
오히려 그들의 마음을

얽어매듯 한데 모아,

경멸과 질투와 시기와

미움으로 밖엔,

서로 대할수 없게 만든 하늘 아래,

그들은 밤 바람에 항거하는

작고 큰 파도들이,

한 大洋(대양)에 어울리듯,

그것과 맞서는 정렬을 가지고,

한 머리 아래 손발처럼 화목하였다.

177

일찌기 어떤 피일지라도,

그들과 같은 우정을 낳지는 못했으리라.

높은 예지, 새 시대의 총명만이,

비로소 낡은 피로 흐릴

정렬을 씻은것이다.

오로지 수정 모양으로 맑은 태양이,

환하니 밝은 들판 위를

경주하는 아이들처럼, 그들은

곧장 앞을 향하여 뛰여가면 그만이다.

어미를 팔아 동무를 사러 간다는둥,

낡은 고향은 그들의 잔등 위에

온갖 추접한 烙印을 찍었으나,

온전히 다른말들이 이 부르는

단 한줄기 곡조는,

얼마나 아름다웟느냐?

미여진 구두와 헌 옷 아래

서릿발처럼 매운 고난 속에

아 슬픔까지가

자랑스러운 즐거움이었던

그들 청년의 행복이 있었다。

179

地圖(지도)

두번 고치지 못할 운명은

이미 바다 저쪽에서 굳었겠다.

바라보이는것은 한가닥 길뿐,

나는 半島(반도)의 새 地圖(지도)를 폈다.

나의 눈이 外國(외국) 사람처럼

서툴리 방황하는 지도 위에

몇번 새 시대는 제 烙印(낙인)을 찍었느냐?

꾸긴 地圖(지도)를 밟았다 놓는

손발이 내 어깨를 누르는 무게가
분명히 心臟 속에 파고 든다.

이 새 文化의 촘촘한 그물 밑에
나는 전선줄을 끊고 철로길에 누웠던
옛날 어른들의 슬픈 迷信을 추억한다.

비록 늙은 어버이들의 앞은 呻吟이나,
벗들의 괴로운 숨소리는,
두려운 沈默 속에 잠잠하야,
희망이란 큰 首府에 닿는 길이
京釜鐵路처럼 곱다 안할지라도,

아! 벗들아, 나의 눈은

그대들이 별처럼 흩어져 있는,

南北 몇 곳 위에 불똥처럼 발가니 달고 있다.

山脈과 江과 平原과 丘陵이여!

來日 나의 조그만 운명이 결정될

어느 한 곳을 집는 가는 손길이,

떨리며 가리키는 것이 무엇인지,

너는 아느냐?

이름도 없는 一靑年이 바야흐로

어떤 都市 위에 자기의 이름자를 붙여,

不滅한 紀念을 삼으려는,

엄청난 생각을 품고 바다를 건느던,

어느 해 여름 밤을

너는 祝福지 않으려느냐?

나는 大陸과 海洋과 그러고 星辰 太陽과,

나의 半島가 만들어진 悠久한 歷史와 더불어,

우리들이 사는 世界의 圖面이 만들어진

복잡하고 곤란한 내력을 안다.

그것은 무수한 人間의 존귀한 생명과,

크나큰 歷史의 구두발이 지내간,

너무나 뚜렷한 발자욱이 아니냐?

한번도 뚜렷이 불려보지 못한채,

청년의 아름다운 이름이 땅속에 묻힐지라도,

지금 우리가 일로부터 만들어질

새 地圖의 젊은 畵工의 한 사람이란건,

얼마나 즐거운 일이냐?

三等船室 밑에 홀로,

별들이 찬란한 天空보다 아름다운

새 地圖를 멍석처럼 쫙 펼쳐보는

한 여름 밤아, 光榮이 있거라.

어린 太陽(태양)이 말하되

알지 못할새
조그만 太陽(태양)이 된
나의 마음에
고향은
멀어갈쑤록 커졌다.

누구 하나
남기고 오지 않았고、
못 잊을

꽃 한포기 없건만,

기적이 울고
大陸에 닿은 한가닥 줄이
最後로 풀어지며,
그만 물새처럼
나는 외로워졌다.

잊어버리었던 고향의
어둔 實現의 무게가
떠 오르려는 어린 太陽을
바다 속으로 누를듯
사납다만.

나무 하나 없는

하늘과 바다 사이

구름과 바람을 뚫고,

하룻 저녁

너른 水平線(수평선) 아래로,

아름다이 가라앉는

落日(낙일)이,

나의 가슴에

놀처럼 붉다。

이제는 먼 고향이여!

감당하기 어려운 괴로움으로

나를 내치고,

이내 아픈 신음 소리로

나를 부르는

그대의 마음은

너무나 진망궂은

청년들의 運命이구나!

참아야 할 苦難은

나의 용기를 돋우고,

외로움은

나의 용기 위에

또 한가지 光彩를 더했으면……

아아, 나의 大陸아!

그대의 말없는 運命 가운데

나는 우리의 무덤 앞에 설

碑石의 글발을 읽는다.

故鄕을 지내며

당신의 마을은 이미 잠들었읍니까?

등불 하나이 없이 캄캄하니 답답습니다.

여기 그대 아들이 있읍니다.

부산을 떠난 막차가 환하니 달리지 않습니까?

개 소리 한마디 들림직 하건만 하늘과 땅이 소리도 없읍니다.

두렵습니다. 누런 수캐란놈도 혹여 양식이 되지나 않았읍니까?

인젠 돌아오지 않는 아들을 기다림도 속절없다.

주무십니까?

그렇지 않으면 집도 다하고,

기름도 마르고, 기운도 지쳐,

아아, 마음 아픕니다. 죽은듯 마당에 쓰러지지나 않았읍니까?

기적이 우니 차가 굴속에 드나봅니다.

안타깝습니다, 이제 고향은 눈 앞에 스러지렵니다.

어머님 묻힌 건넛山 위 별들이 눈물 어렸읍니다.

인제 내 하나가 있고, 벼락맞은 수양이 섯고,

그대가 늘 소를 매여 여름이면 파리가 왕왕 끓었읍니다.

아들이 마을 傳說과 옛 노래를 익힌 곳도 게 아닙니까?

오는 새벽 비가 내리면, 그대는 또 광이를 잡고, 논 가운데 섭니까?

당신의 굽은 등골의 아픔이 아들의 온 몸에 사모침니다.

아아! 이길수 없읍니다. 그대 슬픔은 너무나 큼니다.

그대 정숙한 안해도 이 속에 죽었고,

당신의 청승궂은 자장가로 자란 누이도 이 속에 죽고,

그만 떨치고 일어나, 당신을 받들 먼날을 그리어 내지로 간 아들의 마음입니다.

그러나 지금 돌아오는 아들의 손엔 아무것도 가진것이 없읍니다.

그나마 흙방 위에 꼬부리고 누운 그대를 헛되이 눈감아 생각할뿐.

한되는 일입니다. 그대 이름 부를 자유도 없읍니다.

곧장 내일 아침 지정받은 곳에 닿하야 합니다.

하나 밖에는 아무것도 허락되지 않은 준엄한 길입니다.

그대여! 당신은 아들의 길을 축복합니까?

그대 무릎 아래 다시 엎드러볼 기약도 막막한,

슬픈 길이 北쪽으로 뻔하니 뚫렸읍니다.

그러나 당신은 압니까, 아들의 길이 눈물보다도 영광의 어린 것

을……

194

아무도 모를것입니다. 호을로 흐르는 그대의 눈물이

아들의 타는 마음속에 기름을 붓는 비밀을.

아아! 아무도 모를것입니다.

다시 인젠 天空^{천공}에

星座^{성좌}가 있을 必要^{필요}가 없다

바다, 어둔 바다,

쭉 건너간 水平線^{수평선} 위,

다시 인젠

별들이 깜박일 필요는 없다.

파도 위 하늘 아래,

일찌기 용사이었던.

196

그러니라……

── 뱃머리를 돌려라,

돛을 꼬부리고.

南風남풍이다.

에헷! 그물 줄을 늦후고.

이마 위에 한 손을 얹고,

하늘을 우럴어 얼굴을 들면,

별들은 꽃봉오리처럼

아름다왔다.

별들은 결코 속이지 않았다.

우리의 가슴은 바다인듯,
고기들과 조개의 온갖 비밀을 알았고,
銀河 오리온 먼 大熊의
은하   대웅
조그만 속삭임 하나,
우리의 귀는 빼놓지 않았다.

우리의 몸은 새보다도
날래고 자유로워,
바람이나 파도는
얼른 우리 앞에 맞서지를 못했다.

거친 파도와 바람이,

우리들의 가슴 속에 묻어 놓은것은,

自信과 굳은 信念 하나뿐이었다.

그러나 오늘밤 얼굴의

깊은 주림과 꺼진 눈자위가

밤 하늘보다 오히려 어두워,

타고있는 조그만 배가

장차 닿을 항구의 이름조차 알수가 없다.

살림의 물결, 가난의 바람은,

玄(현)海(해)바다 보다도 거세게 매웠던가?

마음과 얼굴에 함부로 파진,

깊고 어둔 골창들은

험한 生涯(생애)의 風雨(풍우)가 물어뜯은

지울수 없는 상처들.

그곳에서 흐른

아프고 붉은 이야기가,

고향의 온갖 들과 내 위에

노래가 되어 흐르고 있다.

푸른 잎, 붉은 꽃과, 누른 열매,

가 없는 하늘 밑에 들어누운 大陸의

헤아리기 어려운 森林을 기르랴

너무나 비싼 生命들은 노가,

아아! 벌써 한개 宿命인 얼굴에,

그 메마른 피부 위에

어둔 海峽의 밤바람이 부디친다.

앞에도 뒤에도 얼굴

안낙네, 아이, 어른, 한줌의 얼굴들

——눈들은 제각각 알지 못할 運命(운명)에 초불처럼 떨고 있다.

대체 이런 똑같은 얼굴들이,

아아! 그대들은 다 兄弟(형제)인가……

통 통 통 통

국법을 어기는 명백한 음향이

玄海(현해)어둔 바다 하늘 위에 떨린다.

——아아 북구주 해안엔

대체 무엇이 기다린단 말인가!

쳇 쓸데 없는 별들이다.

202

인젠 곱다란 連絡船 甲板 위
盛裝한 손들 머리 위나 빛나거라.

—너희는
그들의 사랑과 祝福의 꽃다발이리라.

몇번 너희들은 이러한 밤,
정말 몇번
눈밝은 경비선을 안내했는가?

듣거라, 하눌아!
다시 인젠

바다 위에 星座^{성좌}가 있을 必要^{필요}는 없다.

월하의 대화
月下의 對話

몇 時

두 時......

삐걱! 뱃전이 울었다.

물결이 높지요!

달이 밝습니다.

바다가 설레를 쳤다.

205

얼마나 왔을가요?

半넘어 왔습니다.

아직 朝鮮半島는 안 보였다.

아버님이……

아니요、 조선이、 세상이、

달이 구름 속에 숨었다.

무서워요、

206

바다가?……

青年은 女子를 끌어안았다.

아아! 당신을……

나도 당신을……

둘이 함께 「人生도 없습니다.」

물결이 질겁을 해 물러섰다.

그 다음
女子가 어찌했는지,

青年이 어쩌했는지,

본이가 없으니, 울이도 우슬이도 없고,

나란히 놓인

男女의 구두가 한쌍,

甲板 위엔 有名한 春畵가 한幅 남았다。

──일봉이 좋기사 좋읍듸더

──아모덴 와? 없어 병이구마

三等船室 밑엔 南道 사투리가 한창 곤하다。

208

어느 해 여름 玄海灘^{현해탄} 위,

새벽도 멀고,

마스트 위엔 등불이 자꾸만 껌벅였다.

눈물의 海峽[해협]

아기야, 너는 자장가도 없이 혼곤히 잔다.

너는 인제서야 잠이 들었다만,

너무나 오랫동안 보채어,

좁은 목이 칼칼하니 쉬었다.

너는 오늘밤

이 해협 위에 일어나고 있는

수만흔 일의 단 한가지 의미도 깨닫지 못하고 잔다.

바람이 지금 바다 위에서 무엇을 저지르고 있는지도 너는 모른다。

물결이 갑판 위에서 무엇을 쓸어가고 있는지도 너는 모른다。

물 밑에 魚族들이 무엇을 탐내고 있는지도 너는 모른다。

이따금、

동그란 유리창을 들여다 보는 것이 정녕 주검의 검은 그림자인 것 도 너는 모른다。

아마 우리를 실은 큰배가、 水平線 아래로 永遠히 가라앉는 비창한 통곡의 순간이 온다 해 도、

너의 고운 잠은 깨이지 않으리라。

아기야, 너는 오늘밤,
이 바다 위에 奇蹟의 손길이 미쳐있는줄 아느냐?

눈물이 흐른다.
玄海灘 넓은 바다 위

지금 젖꼭지를 물고 누워
딩굴을듯 흔들리는 네 두 볼 위에,
하염없이 눈물만이 흐른다.

아기야, 네 젊은 어머니의 눈물 속엔,
무엇이 들어있는줄 아느냐?

212

한 방울 눈물 속엔

일찌기 네가 알고 보지 못한 모든것이 들어있다。

이 속엔 그이들이 자라난 요람의 옛 노래가 들어있다。

이 속엔 그이들이 뜯던 봄 나물과 꽃의 맑은 향기가 들어있
다。

이 속엔 그이들이 꿈꾸던 청춘의 공상이 들어있다。

이 속엔 그이들이 갈아붙인 땅의 흙내가 들어있다。

이 속엔 그이들이 어루만지던 푸른 보리 밭이 있다。

이 속엔 그이들이 안아보던 누른 볏 단이 있다。

이 속엔 그이들이 걸어가던 村촌 눈 길이 있다。

이 속엔 그이들이 나무를 베던 山산의 그윽한 냄새가 있다。

213

이 속엔 그이들이 죽이던 도야지의 悲鳴이 있다.

이 속엔 그이들이 듣던 외방 욕설이 있다.

이 속엔 그이들이 받았던 집행 표지가 있다.

이 속엔 그이들이 작별한 멀리 간 동기의 추억이 있다.

이 속엔 그이들이 떠나 온 고향의 매운 情景이 있다.

이 속엔 그이들이 이따금 생각했던 다툼의 뜨거운 불길도 있다.

참말로 한 방울 눈물 속은 이 모든것이 들어있기엔 너무나 좁다.

그러므로 눈물은 떨어지지면 이내 물처럼 흘러가지 않느냐?

214

나의 아기야, 그래도 이 속엔 아직 그들의 탄배의 이름도 닿

을 港口의 이름도 없고,

이 바다를 건너 간 많은 사람들의 운명은 조금도 똑똑히 기

록되어 있지 않다.

더구나, 바람과 파도와 그 밖에 온갖 惡天候에 對하여,

눈물은 다만 하염없을따름이다.

밝은 날 아침 다행히 물결과 바람이 자서

우리의 배가 어느 항구에 들어간대도 이내 새 運命이 까마귀

처럼 소리 칠게다.

나는 그 고이한 소리가 열어 놓는 너의 少年과 靑春의 긴 時

節을 생각한다.

아기야, 해협의 밤은 너무나 두려웁다.

우리들이 탄 큰 배를 잡아 흔드는것은 과연 바람이냐? 물결
이냐?

아! 그것은 玄海灘[현해탄]이란 바다의 이상한 운명이 아니냐?

너와 나는 한 줄에 묶여 나무토막처럼 이 바다 위를 떠 가
고 있다.

아기야, 너는 어찌 이 바다를 헤어가려느냐?

날씨는 사납고,

아직 너는 어리고,

216

어버이들은 이미 기운을 잃고,

내 손은 너무 희고 가늘고,

기적이란 오늘날까지 있어본 일이 없고,

그러나, 아끼는 나의 아기야,

오늘밤 이 바다 위에 흐르는 눈물이,

내일 너의 젊은 가슴 속에 피여 놓을 한 떨기 붉은 薔薇의 이름을

아아! 나의 아기야, 나는 안다.

上陸 ^{상륙}

電車도 커지고,
自動車도 새로워지고,
三層 四層 洋屋들이 곱다란

이 넓은 길이 어디로 통하는가?

정신을 차려라……

크락숀이 먼지를 풍기며 怒呼한다.

인제 釜山도 옛 浦口가 아니다.

튜럭이 지났는가 하면,
自動車들이 벌떼처럼 달려든다.

스텁! 하늘엔 旅客機의 通過다.

정녕 나는 連絡船에서 들고 내린,
묵은 가방을 털어보아야 할가보다.

몇 해 전 가지고 건너갔던
때 묻은 先入見이 남은 모양이다.

埠頭의 딸가닥소리가 사람들을 놀랜것은 벌서 옛 牧歌로구나.

219

내가 입고 자란 옷,

주절대고 큰 말소린

하나도 찾을 길이 없다.

나는 고향에 돌아온것 같지도 않고,

아, 고향아!

너는 그 동안 자랐느냐? 늙엇느냐?

외방 말과 새로운 맵시는 어느 때 익혓느냐?

벌렷다 다물고, 다물엇다 벌리는,

강철 開閉橋 입발 새에

낡은 浦口의 이야기와 꿈은,

이미 깨어진지 오래리라만,

그렇다고 나는 저 山 위 올망졸망한,

오막들의 고달픈 呻吟 속에,

구태여 옛 노래를 듣고자 원하진 않는다.

나의 귀는 呻吟과 슬픈 노래에 너무나 찌들었다.

비록 오는 날,

나의 祖上들의 외로운 魂靈이

잠시 머무를 한낱 돌이나 나무가 없고,

늘비한 굴뚝이 토하는 煙氣와 끄림에,

흰 모래밭과 맑은 하늘이

221

기름걸레처럼 더러워진다 해도,

아아, 나는 새 시대의 맥박이 높이 뛰는 이 하늘 아래 살고

싶다.

煙氣들은 바람에 날리면서도,

끝내 위로 높이만 오르는

저 하늘 한 복판에,

나는 오는 날의 큰 별을 바라본다.

行人들아!

그대들은 이 浦口의 흰 모래가

시커멓게 變한 偉大한 내력을 아는가?

나는 諸君들 모두의 손을 잡고,

아, 親愛의 情을 베풀고싶다.

일찌기 저 시커먼 큰 建物들은,

諸君들의 운명을 고쳤으나,

이내 諸君들이 아름다운 港灣의 운명을 開拓할 새 심장이,

또한 저 자욱한 建物들 속에서 만들어짐은 즐거웁지 않으냐.

나의 고향은 이제야, 大陸의 名譽를 이을 미더운 아들을 낳았구나.

바다에는 旗폭으로 아로새긴 萬國地圖、

거리엔 새 時代의 王者 金屬들의 비비대는 소리.

牧島 앞뒤엔 黎明이 활개를 치고 일어나는 고동 소리、

이따금 玄海 바다가 멀리서

사자처럼 고함 치며 달려오고……

바야흐로 新世紀의 華麗한 祝祭다.

누가 이 새 고향의 讚美歌를 부를것이냐?

交響樂의 새 곡조를 익힐 樂器는 어느 곳에 준비되었는가?

大洋、大洋、大洋、

실로 大洋의 파도만이 새 時代가 걸어가는

장엄한 발 자취에 行進曲을 맞후리라.

224

玄^현海^해灘^탄

이 바다 물결은

예부터 높다.

그렇지만 우리 靑年^{청년}들은

두려움보다 勇氣^{용기}가 앞섰다,

山^산불이

어린 사슴들을

거친 들로 내몰은게다.

對馬島를 지내면

한가닥 水平線 밖엔 티끌 한점 안 보인다.

이곳에 太平洋 바다 거센 물결과

南進해온 大陸의 北風이 마주친다.

• • •

몬푸랑보다 더 높은 파도,

비와 바람과 안개와 구름과 번개와,

亞細亞의 하늘엔 별빛마저 흐리고,

가끔 半島엔 붉은 信號燈이 내어걸린다.

아무러기로 靑年들이

平安이나 幸福을 求하여,

이 바다 險한 물결 위에 올랐겠는가?

첫번 航路에 담배를 배우고,

둘잿번 航路에 戀愛를 배우고,

그 다음 航路에 돈맛을 익힌것은,

하나도 우리 靑年이 아니었다.

靑年들은 늘

希望을 안고 건너가,

결의를 가지고 돌아왔다.

그들은 느티나무 아래 傳說과,

그윽한 시골 냇가 자장가 속에,

227

장다리 오르듯 자라났다.

그러나 인제

낯선 물과 바람과 빗발에

흰 얼굴은 찌들고,

무거운 任務는

곧은 잔등을 농군처럼 굽혔다.

나는 이 바다 위

꽃잎처럼 흩어진

몇사람의 가여운 이름을 안다.

어떤 사람은 건너간채 돌아오지 않았다.

어떤 사람은 돌아오자 죽어갔다.

어떤 사람은 永永 生死도 모른다.

어떤 사람은 아픈 敗北에 울었다.

―그中엔 希望과 결의와 자랑을 욕되게 내어판이가 있다면,

나는 그것을 지금 기억코싶지는 않다.

오로지

바다보다도 모진

大陸의 삭풍 가운데

한결같이 사내다웁던

모든 靑年들의 名譽와 더불어

이 바다를 노래하고십다.

비록 靑春의 즐거움과 希望을
모두다 땅속 깊이 파묻는
悲痛한 埋葬의 날일지라도,
한번 玄海灘은 靑年들의 눈앞에,
검은 喪帳을 내린 일은 없었다.

오늘도 또한 나젊은 靑年들은
부지런한 아이들처럼
끊임없이 이 바다를 건너가고, 돌아오고,
來日도 또한

玄海灘은　靑年들의　海峽이리라.

永遠히　玄海灘은　우리들의　海峽이다.

三等船室　밑　깊은　속

찌든　寢床에도　어머니들　눈물이　배었고,

흐린　불빛에도　아버지들　한숨이　어리었다.

어버이를　잃은　어린　아이들의

아프고　쓰린　우름에

대체　어떤　罪가　있었는가?

나는　울음　소리를　무찌른

외방　말을　歷歷히　기억하고　있다.

오오! 玄海灘은, 玄海灘은,

우리들의 運命과 더불어

永久히 잊을 수 없는 바다이다.

靑年들아!

그대들은 조약돌보다 가볍게

玄海의 큰 물결을 걷어찼다.

그러나 관문해협 저쪽

이른 봄 바람은

果然 半島의 北風보다 따스로웠는가?

情다운 釜山 埠頭 위

大陸의 물결은,
정녕 玄海灘보다도 얕았는가?

오오! 어느 날,
먼 먼 앞의 어느 날,
우리들의 괴로운 歷史와 더불어
그대들의 不幸한 生涯와 숨은 이름이
커다랗게 記錄될 것을 나는 안다.

一八九○年代의
一九○○年代의
一九二○年代의
一九三○年代의
一九四○年代의

一九××年代의

……

모든 것이 過去로 돌아간

廢墟의 거칠고 큰 碑石 위

새벽 별이 그대들의 이름을 비칠 때、

玄海灘의 물결은、

우리들이 어려서

고기떼를 쫓던 실내처럼

그대들의 一生을

아름다운 傳說 가운데 속삭이리라。

그러나 우리는 아직도

이 바다 높은 물결 위에 있다.

구름은 나의 從僕이다

흰 구름은 하늘에 비끼고,

나는 풀밭에 누워 휘파람을 불고,

공상이란 미상불

고삐를 끊어 던진 흰 말이다.

만일 구름보다 자유로운것이 있다면,

대체 그것은 무엇일가?

그놈의 흰 갈기를 부여잡고,

힘을 모아 배때기를 걷어차면,

우박송이처럼 당황하여,

나의 곁을 지내가는 별들을 볼것이다.

참말로 그 뭉글뭉글한 잔등을 어루만지며,

나는 구름 위에 유유히 앉은 내 모양을 층찬한다.

생각할쑤록 별들이란

겁이 많고 지나치게 영리한 게름뱅이다.

저렇게 많은 族^족屬^속들이

한낱 太^태陽^양 아래 박쥐처럼 비겁할수가 있는가?

그러나 太陽^{태양}이란것도

한껏 교만할따름이지 실상은

앞산 그림자가 한 발을 더듬기 시작만하면,

벌써 山頂^{산정}에 꼬리를 감추는

교활한 老^노총각이다.

그렇다고 나는

하늘을 힙쓰는 장한 바람이 되어보고싶지도 않다.

조그만 숲 하나를 헤어나가려

몸부림을 치고 아우성을 지르고,

법석을 하는 꼴이란

너무나 추졸하다.

238

한껏 죽지를 벌려 고개를 들고,

높은 山(산)마루에서 화살처럼

하늘을 날아보려던

일찌기 꿈꾸었던 코쓰는,

지금 생각하니 일부러

고운 하늘을 눈알을 휩뜨고 날기도 애석하고,

피곤하여 바위 아래 허덕이며,

숨을 드리는 비장한 순간이란

나의 적들이 볼가 두렵고,

아아, 역시 희고 가벼운 구름아!

239

네가 오로지 한 平生 가도
넓은 하늘이 좁은줄을 모른다.

山脈처럼 장한 체수건만,

어느 모서리에 부디쳐야,

깨어지는수도 없고,

아프지도 않고,

솜처럼 자꾸만 피어 나가다가,

칵 답답하여

짜증이 날 때도 없고,

아아! 나는 너의 그 無限한 彈力性을 사랑한다.

영맹한 低氣壓과

遠地의 바람이,

우리들의 地上을 向하여,

엄청난 습격을 시험할 때,

너는 잽싸게 검은 煙幕으로 무장을 고쳐,

時急한 防禦任務에 當하더라。

自在한 둔갑술이여!

이윽고 ×斗가 한창 激然할 때,

한 줄기 소나기가 되어,

마른 남새밭을 발을 구르며 지내면,

나는 草木들과 더불어 손벽을 친다.

生生한 목숨이여!

새들이다.

어린 참새들이다. 제비 들이다.

마을 추녀 끝에 물초가 줠 때쯤,

너는 어른처럼 옷깃을 걷어 들고

햇볕이 쨍쨍한 하늘 가로

붉은 놀이 되어 스러진다.

善한 決斷力이여! 구름아!

어느게 너의 自由이고 意志이냐?

너는 不自由도 自由이냐?

그렇지 않으면, 너는 不可能이란 것을 모르느냐?

「나폴레온」이다!

지금 네가 떠있는 곳은 바다이냐, 섬이냐?

하늘이다!

너는 오늘 가벼이 하늘을 거닐고,

사자가 되어 이리를 쫓다가,

243

바위가 되어 물결을 차다가

강아지가 되어 공을 굴리다가,

어린애가 되어 달음질을 하다가,

너는 遊戱를 즐기는구나!

자 든거라, 구름아!

오늘 나는 너의 主人이다.

휘파람 부는 내 가슴은 줄을 못 넘고,

머리는 땅 위에 한길을 못 오를망정,

한때도 나의 생각은 네 위

너른 하늘을 내려본일이 없느니라.

從순順한 나의 흰 말아!

고삐를 내게 던져라.

새 옷을 갈아 입으며

젊은 아내의
부드런 손길이 쥐어 짠
신선한 냇물이 향그런가?

하늘이 높은 가을,
송아지 떼가 참새를 쫓는
마을 언덕은

얼마나 아름다운 그림이냐만,
고혹적인 흙내가

나의 등골에 電流처럼

퍼붓고 지내간것은,

어째서 고향의 불행한 노래뿐이냐?

언제부터 살쩐 흙 속에 자라난

나뭇가지엔 쓴 열매밖에,

붉은 꽃 한송이 안 피었는가!

가끔 村 사람들이

목을 매고 늘어진 이튼날 아침,

숲속을 울리던 통곡 소리를

나는 잊지 않고 있다.

幸福(행복)이란 꾀꼬리 울음이냐?

푸른 숲에서나, 누른 들에서나,

한번 손에 잡히지 않았고,

아……

太陽(태양) 아래 자유가 있다 하나,

땅 위엔 幸福(행복)이 있지않았다.

새 옷을 갈아 입으며,

들창 넘어로 불현듯

자유에의 갈망을 느끼랴는

나의 마음아!

너는 한낱 철없는 어린애가 아니냐?

향복은 어디 있었느냐?

두 손을 포케트에 찌른 채,

너는 누런 레인코트를 입고,

하늘을 치어다보는 양 어깨 위엔,

어느새 밤 이슬이 뽀야니 무겁다.

돌아갈 집도 멀고,

걸을 길도 아득한,

나의 젊은 마음아.

외딴 郊外의 푸랫트폼 위

249

너의 따르는 꿈은 무엇이냐?

첫 사랑에 놀랜 조그만 가슴이,

인젠 엄청난 생각을 지녔구나.

기다리던 사람은 누구냐?

아직도 그가 올 시간은 멀었느냐?

시계를 들여다보고,

이따금 별들을 헤어 보고,

너는 달이 밝고,

하늘이 푸르고,

깨어지는 물 방울이

진주보다도 아름다운

고향의 바다가를,

어린애처럼 그니느냐?

밤은 깊고,

그는 드디어 오지 않았구나.

구름이 쫓기듯 밀려가,

별빛마저 흐린 동경만 위

어둔 하늘 아래

아아, 너는

아무데고 하룻밤

안식의 잠자리를 구해야겠다.

너의 다섯자 작은 몸을 누일,

따듯한 지붕 밑은 어디메냐?

자욱한 집들이나,

밝은 길을 가는 뭇 行人은,
행인

너무나 눈 설고,

싸늘한 남들이라,

한낱 두려운 눈알이,

불똥처럼 발개서,

방황하는 너의 뒤를

쏠듯이 따를뿐이다.

아아, 만일

기다리던 그는 영영 오지 않고,

돌아갈 집은 자리 밑까지 흐트러져,

모진 운명이 머리 위를

쓸어 덮는다면

나의 마음아!

한 가지 장미처럼 곱기만 했던,

너는 인제

집 잃은 어린 아이로구나!

가이없은 마음아!

소금기를 머금은

외방 바람이,

스미는듯 엷은 살결에 차다.

서글픈 밤,

머리에 떠올랐다 스러지고,

스러졌다간 떠 오르는,

그리운 사람들 눈동자 속에,

너는 무었을 보았느냐?

가도 없는 漂泊의 길이

모두 다 따듯한 요람이었고,

가는 곳마다

그들은 고향을 발견하지 않았느냐?

어느 날 고향의 요람으로

돌아갈 기약도 막막한

영원한 길손의 마음이,

어리우듯 터를 잡지 않았든가,

그 속은 언 호수보다 서글펐으나,

바다 속처럼 깊더라.

참말 그들도、 나도、

도토리 알 같은

어린 때의 기억만이、

255

고향 山비탈, 들판에

줍는이도 없이 흩어져,

어쩐지 우리는 비바람 속에 외로운

한 줄기 어린 나무들 같다만,

누를수 없는 幸福과 즐거움이

위도 아니고 옆도 아니고, 오로지

곤란한 앞을 향하야 뻗어나가는,

아아, 한가지 정성에 있드구나!

바다의 讚歌
讚 = 찬
歌 = 가

장하게
날 뛰는 것을 위하여,
讚歌를 부르자.
讚 = 찬
歌 = 가

바다여
너의 조용한 달밤을랑,
무덤 길에 선
老人들의 追憶 속으로,
老人 = 노인
追憶 = 추억
고시란히 선사하고,

푸른 비석 위에
어루만지듯,
微風을 즐기게 하자.

파도여!
유쾌하지 않은가!
하늘은 금시로,
돌멩이를 굴린
살어름판처럼
뻐개질듯하고,
장때 같은 빗줄기가
야……

두 발을 구르며,

동동걸음을 치고,

나는

번개 불에

놀라 날치는

고기 뱃바닥의

비늘을 세고

바다야!

너의 기쁜 가슴속엔

思想이 들엇느냐!

억센 反抗은 무슨 意味이냐!

나는 한울을 向한 너의 意味보다도

날뛰는 肉體를 사랑한다

259

詩人의 입에

마이크 대신

재갈이 물려질 때,

노래하는 열정이

沈默 가운데

최후를 의탁할 때,

바다야!

너는 몸부림치는

肉體의 곡조를

伴奏해라.

260

이 책 속엔 이때까지 發表된 내 作品의 거의 大部分이 收錄되었다.

그 중엔 發表된 가운데서도 부득이 빼지 않을수 없었던것도 있으며, 또 한 未發表대로 들어간것도 있으나, 내가 作品 위에서 걸어온 精神的

行程을 짐작하기엔 過히 不足됨이 없을줄 안다.

실상은 지난 가을에 처음 어느 친구로부터 이때까지 쓴 作品을 모아 出版했으면 어떻겠느냐는 즐거운 勸誘를 받았을 때、 비로소 四散된 舊稿들을 모으기 비롯하여 한卷이 되었으나、 그間의 여러가지 形便으로

初志를 이루지 못하고 새 作品을 쓰기 시작했었다. 玄海灘이란 題 아래 近代 朝鮮의 歷史的 生活과 因緣 깊은 그 바다

를 中心으로 한 생각、 느낌 等을 約 二三十篇 되는 作品으로 써서 한

册을 만들어 볼가 하였다。

이 가운데 맨 뒤에 실린 바다가 많이 나오는 一聯의 作品이 그것이다。

그러나 才能의 不足과 생각의 未熟等外의 여러가지 困難에 부닥쳐、

끝가지 써나갈 勇氣와 自信을 다 잃어버렸다。

그래 할수 없이、 그 前에 한 卷에 모았던 가운데서 얼마를 빼고 새

로 쓴 作品과 어울러서、 이 한 册이 된 셈이다。

編順은、 大畧 年代順으로 하였는데、 그렇다고 반드시 發表 年月을

考査하여 次例를 매지도 않았다。

이 中엔 若干 그런 意味의 年代는 어긋나는 곳이 한두군데 있으나 全

體로서 理解를 妨害할만한 程度에는 이르지 않았다。

단지 「네거리의 順伊」로부터 「세월」에 이르는 동안 내 作品 傾向

發展上 한개 새 時代였다고 볼수 있는 몇 作品이 들지 않았다.

그 밖에도 「네거리의 順伊」 한篇으로 그 때 내 精神과 感情生活의

全部를 理解해 달라 함은 좀 유감되나 할수 없는 일이고, 「세월」에서

「闇黑의 精神」 그러고 「주리라네 탐내는 모든 것을」에 이르는 한 時

期로부터、 그 뒤의 한두번 變한 내 作品 傾向을 理解하기엔 充分한 作

品이 거의 全部 모혀 있다.

맨 끝에 실린 「바다의 讚歌」는 이로부터 내가 作品을 쓰는 새 領域

의 出發點으로써 특히 넣었다고 할수 있다.

한편 더 이런 傾向의 作品을 넣으려 하였으나、 頁數도 너무 많고 하

여 日後 多幸의 다시 作品集을 하나 더 가질수 있다면 하는 요행을 바

263

라고 욕심을 더 퍼두어버렸다.

자꾸 변명 같아서 구구하지만 하나 더 未盡한 点을 말하면 「네거리의 順伊」以前 내 轉向期의 作品과 그보다도 前, 어린 「따따이스트」이었던 時期의 作品을 넣고 싶었다가 求할수도 없고 草稿도 喪失되어 못 넣은것이다.

이것은 내 지나간 青春과 더불어 永久히 돌아오지 않는 希望일지도 모른다.

그러나 결국 생각하면 쓸 때에 그렇게 熱中해던 所謂 努力의 所産이 란것이 뒷날 돌아보면 이렇게 초라한가를 생각하면 부끄럽다는 이보다 도 一種 두려움이 앞을 선다.

내 自身이 이럴바에야 하물며 因緣 없는 諸君에게 있어선 이 가운데

264

단 한 篇이라도 나의 이름과 더불어 記憶되리라고는 참아 믿을수가 없다.

단지 바라는것은 나의 앞날을 위하여 매운 批判의 휘차리로 이 作品

들이 읽혀짐을 熱望할따름이다.

끝으로 一年넘어 이 册의 誕生을 爲하여 努力해주신 東光堂 李南來

兄과、逸散된 原稿들을 모아준 젊은 友人들에게、精誠을 다하여 感謝

의 말씀을 드린다。

이이들 없이는 이 册이 세상에 나올수가 도저히 없었을것이다。

또한 亂雜한 글을 一一이 한글로 고쳐주신 李克魯氏에게 삼가 厚意

를 感謝하는바이다。

丁丑 冬至달、

合浦에서 著者 識

시 집

현 해 탄

쇼와23년2월23일 인쇄 · 쇼와23년2월29일 발행

정가 1원50전

저작자	발행자	인쇄자	인쇄소	발행소
경남마산부상남동	경성부제동정112	경성부서대문정1정목166	경성부서대문정1정목166	경성부제동정112
임 인 식	이 정 래	이 유 기	동아사인쇄소	동광당서점 진체경성16121번 전화(광)370번

詩　集

玄　海　灘

昭和十三年二月廿三日印刷　・　昭和十三年二月廿九日發行

定價　一圓五十錢

———————————————————

著作者　慶南馬山府上南洞

　　　　林　仁　植

發行者　京城府齊洞町一一二

　　　　李　晶　來

印刷者　京城府西大門町一丁目一六六

　　　　李　有　基

印刷所　京城府西大門町一丁目一六六

　　　　東亞社印刷所

發行所　京城府齊洞町一一二

　　　　東光堂書店

　　　　振替京城一六二一一番
　　　　電話（光）三七〇番

THAT SUMMER

Part of Junglegym Books Co.
Web site : www.blog.naver.com/jgbooks
605-ho, 52, Dongmak-ro, Mapo-gu, Seoul, #04073 South Korea
Telephone 070-8879-9621 Facsimile 032-232-1142 Email jgbooks@naver.com

玄 海 灘

임화 시집 현해탄 미니어처북(현대어판)

지은이 임인식(임화) | **표지** 구본웅 | **본문** Edward Evans Graphic Centre
1판 1쇄 2017년 3월 25일 | **발행인** 김이연 | **발행처** 그여름
주소 서울특별시 마포구 독막로 52, 605호(합정동)
대표전화 070-8879-9621 | **팩스** 032-232-1142 | **이메일** jgbooks@naver.com
ISBN 979-11-85082-43-1 (04810)

装幀　具本雄

장
정

구

본

웅